LA HISTORIA DE ANA

La historia de Ana

Un camino lleno de esperanza

Jenna Bush

Basada en su trabajo con UNICEF

Traducida por Bertha Ruiz de la Concha
Fotografía por Mia Baxter

rayo

Una rama de HarperCollinsPublishers

Para Ana
y todos los niños del mundo
que viven con esperanza

AGRADECIMIENTOS

Me siento profundamente agradecida por mi amistad con la verdadera Ana, quien me dio su tiempo y compartió su historia con el propósito de que, a través de ella, otros aprendan de sus dificultades y esperanza. Gracias por enseñarme tanto sobre la vida y el amor, cómo vivir y apreciar cada momento y cómo bailar bachata. Mucho amor.

También estoy en deuda con mis colegas de UNICEF: Nils Kastberg, Jean Gough, Garren "Tío" Lumpkin, Mark Connolly, Vivian López, Clara Sommarin, Bertrand Bainvel, Sunah Kim, Lisa Szarkowski y Elizabeth Panessa Merola. Ellos me enseñaron sobre la lucha y la fortaleza de los niños latinoamericanos, leyeron el manuscrito varias veces y se aseguraron de que yo representara a Ana de una forma grata para los niños.

Este libro nunca habría sido escrito sin el apoyo de muchas personas y organizaciones que me ofrecieron sus perspectivas, información e investigación. Sobre todo Robert Barnett y Susan Whitson. Gracias a todas y cada una de las ONG y personas que me permitieron hacerles innumerables preguntas. Quiero agradecer especialmente al extraordinario programa de Casa Galilea en Buenos Aires, Argentina. También a Luz Virginia: gracias por tu dedicación y excelencia en transcribir y traducir horas de entrevistas.

Mi agradecimiento al excelente equipo de HarperCollins por su amable guía y por creer en Ana tanto como yo: Jane Friedman, Susan Katz, la maravillosa Kate Jackson, Winifred Conkling, Andrea Pappenheimer, Kerry Moynagh, Sandee Roston, Mary Albi, Diane Naughton, Whitney Manger y la sabia Toni Markiet.

Por último, agradezco a mi familia y mis amigos, que siempre me han amado e incentivado a retarme a mí misma; gracias por apoyarme mientras escribía La historia de Ana. Agradezco en especial a mis padres, mi hermana Barbara, Brooke, Gloria, Krystal, Louise, Mia y mi paciente Henry por leer La historia de Ana y darme sus honestos comentarios y sugerencias. Y, sobre todo, por mostrarme que a través de la dedicación, el amor y la aceptación, todos podemos impactar vidas.

ÍNDICE

PRÓLOGO

En 2006 comencé a trabajar en un programa de experiencia práctica auspiciado por UNICEF, el Fondo de las Naciones Unidas para la Infancia. Mi participación en el programa consistía en documentar la vida de niños que crecen en condiciones de pobreza, especialmente de niños abandonados y marginados que sufren abusos.

UNICEF en América Latina y el Caribe apoya y defiende a niños y adolescentes, con el propósito de que puedan superar los obstáculos derivados de la pobreza, la violencia, la enfermedad y la discriminación. Como parte del programa, UNICEF propicia reuniones de jóvenes infectados con SIDA. En una ocasión, participé en una reunión con un grupo comunitario que incluía a mujeres y niños que viven con el virus del SIDA. Al terminar la reunión, Ana, una madre de diecisiete años, se puso de pie frente al grupo y afirmó: "No nos estamos muriendo de SIDA; *vivimos* con la enfermedad". Miró a

su pequeña hija, que cargaba sobre la cadera, y concluyó: "¡Somos sobrevivientes!".

Me quedé impresionada con la madurez y la confianza de Ana, y me intrigó su actitud tan positiva, a
pesar de tener el VIH. No sé si era su vitalidad y belleza,
o el hecho de que llevara a su bebé en brazos pero, en
ese momento, Ana se veía llena de vida.

Ana y yo quedamos en charlar al día siguiente, por la tarde. Nos seguimos viendo con regularidad durante más de seis meses, durante los cuales me contó los detalles de su pasado, hablé con los miembros de su familia y otros seres queridos. Mientras más hablaba con ella, más me conmovía. Su historia es un testimonio de sobrevivencia, de fortaleza y de capacidad para cambiar.

El presente libro está basado en la infancia y adolescencia de Ana, tal como ella me la contó. Es un mosaico de su vida, en el que las palabras, cual fragmentos de azulejo, sirven para crear una imagen de su pasado y enmarcar su futuro. También representa todo lo que he aprendido en mi trabajo con UNICEF. Para escribirlo, pasé muchas horas entrevistando a un gran número de personas, además de Ana: la gente importante en su vida y otros niños y familias que viven en circunstancias similares, líderes y trabajadores de asociaciones civiles y mis bien informados colegas de UNICEF.

Si bien la historia de Ana me conmovió, me resultaba claro que era la historia de todos los niños con los que yo trabajaba; por consiguiente, quería que el libro retratara tanto la realidad como las emociones de todas las personas que conocí.

Esta es una obra de no ficción narrativa. Aun cuando escribí el diálogo en base a lo que otros me contaron, cambié los nombres y lugares para proteger la intimidad de las personas involucradas. En todo momento intenté transmitir con la mayor honestidad y fidelidad las situaciones y emociones que Ana me confió.

La historia de Ana es única; no obstante, muchos niños del mundo comparten experiencias similares. Y si bien el libro está ambientado en América Latina, porque ahí es donde Ana creció, sus problemas y privaciones son experiencias que viven con demasiada frecuencia niños de los Estados Unidos y otras partes del mundo. El informe *Estado mundial de la infancia 2007*, publicado por UNICEF, indica que hay en el mundo 2.3 millones de niños contagiados de SIDA y varios millones más que padecen abusos y abandono. Ana es el rostro de estas estadísticas; convirtió estas cifras abstractas en algo real y personal.

Ana sirve como ejemplo de la verdad universal sobre los secretos: los niños deben tener la libertad de discutir todos los retos que la vida les presente —incluidos los traumas del abuso físico o sexual, las enfermedades o el abandono— con adultos de confianza y experimentados que los puedan educar y ayudar a manejarlos. Al tener información y conocimiento, los niños pueden dar los pasos necesarios para protegerse y romper el ciclo que perpetua el abuso y contagia la enfermedad de generación en generación.

Aun cuando la historia de Ana es lo bastante explícita, la sección final del libro presenta información sobre cómo pasar del conocimiento a la acción. Esta sección incluye lo siguiente:

- Sugerencias a los lectores sobre cómo ayudar a los niños de sus comunidades y del mundo entero.
- Una lista de sitios Web y organizaciones para aquellas personas que desean obtener información adicional sobre los temas tratados en el libro.
- Mitos y errores frecuentes sobre el VIH/SIDA y el abuso.
- Preguntas para discusión, que pueden utilizarse en la escuela o en grupos de lectura de manera paralela a la lectura del libro; el propósito es fomentar conversaciones sobre los retos que enfrentan Ana y otros niños.

Con estos recursos, tú puedes ayudar a UNICEF y a otras organizaciones que apoyan a niños de todo el mundo a prevenir o aliviar el sufrimiento de pequeños como Ana. Una parte de las ganancias del libro se destinarán al Fondo de los Estados Unidos para UNICEF.

La historia de Ana

Un camino lleno de esperanza

Ana tenía una foto de su madre. No era una fotografía original, sino una fotocopia en color.

La imagen estaba laminada y sellada con plástico para que no se estropeara y así durara para siempre. Cuando Ana tenía diez años, decoró las esquinas con brillantes calcomanías de flores y estrellas. Tomaba la fotografía entre sus manos con tanta frecuencia, que las esquinas ya estaban dobladas y el plástico se había comenzado a romper y desprender.

Desde que Ana era pequeña, sus tías y tíos le decían que era idéntica a su mamá. A veces, Ana se paraba frente al espejo y sostenía la fotocopia junto a su cara para ver si sus ojos realmente eran iguales a los de ella. Miraba alternadamente sus ojos y los de su madre hasta que las imágenes se volvían borrosas y ya no distinguía dónde terminaba su madre y dónde comenzaba ella.

En la fotocopia, su madre era joven; tenía sólo dieciséis años cuando Ana nació. Tenía unos enormes ojos cafés y luces de pelo rubio teñido. La piel, color chocolate, lucía fresca, suave y lisa. Ana esperaba que su familia tuviera razón al decir que se parecía a su hermosa mamá.

Su madre había muerto hacía tanto tiempo que, incluso al mirar la maltrecha fotocopia de la imagen, Ana apenas recordaba el contorno de su cara. La foto estaba pegada en la pared de su cuarto, a la altura de la almohada. De esta manera, Ana podía mirarla antes de dormirse y se sentía tranquila de que, si alguna vez olvidaba cómo era su mamá, la foto se lo recordaría.

2

Ana guardaba un sólo recuerdo de su madre, bastante vago y confuso. Revivía esa parte de su pasado como una película en blanco y negro, con imágenes borrosas y fuera de foco, inalcanzables.

En este recuerdo —el primero de Ana— ella tenía tres años. Se encontraba en el pasillo, afuera del baño. Al otro lado de la puerta, su madre lloraba y gemía.

—Mamá —susurró Ana a través de la puerta de madera—. ¿Estás bien?

Escuchaba que su madre lloraba y luego trataba de contener la respiración.

—¿Mamá?

Ana alcanzó la perilla y la giró. Al abrirse la puerta, vio a su madre, recargada contra la pared con una mano. Se volvió y miró a Ana con ojos hinchados y enrojecidos; su mano temblaba al tratar de secar las lágrimas que rodaban por sus mejillas.

—Ana —le dijo su papá desde el vestíbulo— deja en paz a mamá, por favor. Ana se sintió confundida y atemorizada. Su papá también tenía los ojos rojos, él también había llorado.

—Tu hermana Lucía… —comenzó a decir, y luego se detuvo. Respiró profundamente y concluyó a toda prisa—. Tu hermana murió.

Ana escuchaba las palabras, pero en realidad no entendía. Era demasiado pequeña para comprender el significado de la muerte y el dolor. Sólo se daba cuenta de que mamá y papá lloraban, y eso le provocaba intranquilidad y temor.

—Está bien —dijo Ana en voz baja, alejándose de la puerta.

Sabía que su madre se había ido al hospital y que su hermana más pequeña había nacido en el verano; también que Lucía nació enferma y que su madre regresó a casa sin la pequeña. Todas las mañanas, su mamá iba al hospital a verla, pero siempre regresaba sola a casa.

Ana nunca conoció a su hermanita recién nacida y ahora nunca la conocería.

Lucía murió a los dos meses.

3

La muerte de Lucía fue el primer secreto que Ana guardó. Cuando comenzó a ir a la escuela, ella y sus compañeros desfilaban como marineros, vestidos con el uniforme obligatorio de su país, blusa blanca y pantalón o falda azul marino. Si alguien le preguntaba si tenía hermanos o hermanas, casi siempre respondía: "Sí, tengo una hermana, Isabel, y es igualita a mí".

Ana consideraba que esta respuesta era la verdad, aunque incompleta. Hablaba de Isabel abiertamente: todavía no iba a la escuela porque era dos años menor que ella. En cambio no quería hablar de Lucía; su vida era como un sueño, inconexo y privado.

4

Si sus amigas le preguntaban por su familia, Ana hablaba de su vida como si le perteneciera a otra persona. Recitaba acontecimientos como poemas aprendidos de memoria en la escuela. Pero faltaban tantos recuerdos que su pasado era como el queso suizo, lleno de agujeros.

"Mamá murió cuando yo tenía tres años", Ana le contaba a cualquiera que le preguntaba por su madre. Era cierto, pero en el lugar donde se guardan los recuerdos de la infancia, Ana no tenía nada, sólo un vacío; repetía lo que le contaban otros miembros de su familia.

Ana no recordaba que, en los meses siguientes a la muerte de Lucía, mamá se había puesto cada vez más débil y pálida. Tampoco recordaba que su cara estaba cada vez más demacrada y esquelética; que su respiración se volvió cada día más difícil y lenta, con pausas cada vez más largas entre respiraciones, hasta que dejó de respirar por completo. La madre de Ana no había cumplido los veinte años cuando murió de SIDA.

—Estaba enferma —respondía Ana a quienes le pedían más información.

—¿De qué?

—No sé —contestaba, lo cual era cierto porque, durante muchos años, eso fue lo único que supo.

5

Tiempo atrás, Ana había dejado de preguntar sobre los detalles de la enfermedad de su mamá. Dejó de preguntar sobre la muerte de Lucía. Dejó de preguntar por qué, todas las mañanas y las noches, su abuela sacaba del gabinete de la cocina un frasco anaranjado y le daba unas pastillas blancas que debía tomar con agua.

Ana hacía lo que le decían. Aceptaba su vida sin cuestionar nada. Tras la muerte de su madre, ella e Isabel se fueron a vivir con su abuela. Su papá tenía veintiún años y como no se consideraba capaz de criar solo a dos pequeñas, las llevó con su madre. Ana e Isabel compartían una cama en la pequeña casa.

La casa de la abuela, una construcción con techo de hojalata, se encontraba en un barrio pobre en las colinas, afuera de la ciudad. Autos y autobuses pasaban frente a la casa por la calle de tierra, donde vagaban libremente perros, pollos y caballos.

El barrio de Ana no se parecía en absoluto al moderno perfil urbano de la ciudad que quedaba a tan sólo unos 16 kilómetros de distancia. Vivía en un país de contrastes: rico y pobre, moderno y tradicional.

La abuela de Ana trabajaba mucho para darle de comer a sus nietas; era muy seria y partidaria de una disciplina estricta. En ese entonces, tenía unos cuarenta años de edad y ya había criado a cuatro niños. Medía alrededor de 1.55 metros, era de constitución fuerte y sólida y llevaba el largo pelo negro peinado en un severo moño; unas cuantas hebras plateadas aparecían en las sienes.

Cuando Ana intentaba preguntarle a su abuela sobre el pasado —por qué habían muerto su mamá y Lucía— ella respondía secamente: "Ese no es asunto tuyo, tú sólo obedece".

Por lo tanto, Ana dejó de hacer preguntas. No supo por qué tomaba medicinas diariamente hasta que cumplió diez años y su abuela decidió que ya tenía edad para saber la verdad.

—Mi nieta —dijo la abuela—, estas cápsulas son para el virus del SIDA. Cuando naciste, tu mamá te contagió la enfermedad.

Por el tono de la abuela, Ana comprendió que se trataba de un asunto serio, aunque no entendía el significado de virus del SIDA.

—¿Qué quiere decir eso, abuela? —preguntó Ana.

—Quiere decir que debes tomar tu medicina. Todos los días —respondió la abuela con énfasis—. Eso es todo lo que necesitas saber.

Las cápsulas, conocidas como antirretrovirales, ayudan a controlar el virus que causa el SIDA. Si Ana dejara de tomarlas, su sistema inmune se debilitaría y la haría vulnerable a una amplia gama de enfermedades. Pero su abuela sólo le dijo: —Ana, esto es un secreto que nunca debes compartir con nadie. Ni siquiera con tu mejor amiga ni con ninguna otra de tus amigas. ¡Nunca!

Ana asintió.

Durante esos años, Ana se preocupó más por guardar el secreto que por tener el VIH. No sabía nada sobre la infección y se imaginó que era como un resfriado, un resfriado que duraría toda la vida.

A Ana no le preocupaba enfermarse, pero sí que los demás pudieran adivinar su secreto con tan sólo mirarla. Temía que el secreto fuera algo malo y vergonzoso, y no quería que nadie se enterara. Obedecía a su abuela y guardaba el secreto en el último rincón de su mente, allá donde escondía los recuerdos de Lucía y mamá, en el lugar donde se encontraban las cosas de las que no hablaba.

6

A los diez años, Ana inventó un juego para tomar su medicina: se imaginaba que cada cápsula contenía un postre delicioso. Cada noche, el postre era diferente. Algunas veces saboreaba helado con salsa de chocolate, otras, flan con caramelo, pastel de tres leches con fresas o churros con azúcar y canela.

7

Los secretos no importaban cuando Ana estaba con su papá. Durante la semana, él manejaba un taxi, pero los domingos conducía desde su apartamento ubicado en una barriada de la ciudad hasta la casa de la abuela, recogía a Ana e Isabel y pasaba la tarde con ellas.

—¿Adónde vamos, papá? —preguntaba Ana siempre que ella e Isabel se subían al asiento de atrás del descolorido taxi azul.

—De aventuras, mis hijas —siempre les respondía.

Con papá, todo era una aventura. Por lo general iban de compras o al cine o, si tenían suerte, a McDonald's a comer una hamburguesa, papas fritas y fajitas de pollo. Cuando hacía buen clima, papá las llevaba a los muelles, donde se quedaban mirando los buques tanque y los pequeños botes pesqueros que entraban y salían de la bahía.

Papá elogiaba a sus hijas.

—Te amo —le susurraba al oído a cada una, lo cual las hacía sentir invencibles y seguras.

Aunque a Ana le encantaba ir de compras y al cine, la parte más mágica de la tarde era cuando el sol poniente pintaba el perfil urbano de un dorado encendido y las bandas callejeras se instalaban en las aceras. En cuanto comenzaba la música, papá y sus hijas se detenían en alguna esquina junto a una banda y comenzaban a mover los brazos y a llevar el ritmo de la música. El corazón de Ana latía al ritmo de los tambores de salsa y *reggae*; la energía de la música pulsaba a través de su cuerpo. Después de un rato, los tres —papá, Ana e Isabel— quedaban hechizados por la música y se rendían al baile. Las horas que pasaban bailando con su papá eran de los momentos más felices de Ana.

8

En el mundo de papá, Ana se sentía segura. En cambio con su abuela, Ana se sentía vulnerable, como si hubiera hecho algo malo. La abuela nunca le decía que la quería ni la besaba por las noches antes de irse a dormir. Ana siempre se cuidaba de no decir demasiado ni hacer demasiadas preguntas. Trataba de ser una niña obediente, dócil, como pensaba que su abuela quería.

Un día que Ana e Isabel estaban a punto de salir a jugar con una amiga, su abuela dijo:

—Isabel, sal un momento. Necesito hablar a solas con Ana.

—¿Por qué no puedo escuchar? —preguntó Isabel—. ¿Es un secreto? Quiero saber el secreto.

—¡Vete para afuera! —ordenó la abuela—. Ana irá en un momento.

Isabel frunció los labios y salió pisando con fuerza. Ana se quedó sola con su abuela.

—Ana, quiero recordarte que no debes contarle a nadie de tu enfermedad.

—Ya sé, ya sé —dijo Ana. Ya lo había oído mil veces.

—Te lo digo por tu seguridad, por tu bien —continuó la abuela con la mirada fija en la de Ana—. He escuchado historias sobre niños y niñas como tú, a quienes obligan a salirse de la escuela porque los maestros se enteran de que tienen el virus del SIDA.

—¿*Qué*? ¿Por qué? ¡No es justo!

—La vida no es justa —dijo la abuela—. Y si lo cuentas, te tratarán mal. La gente te dirá cosas horribles y desagradables. Tendrán miedo de acercarse a ti.

Ana se sentía muy molesta. ¿En verdad sus amigas le darían la espalda si se enteraban de que tenía el VIH? ¿Por qué? No era un monstruo, y sus amigas no contraerían el virus por sentarse junto a ella, ni por abrazarla o compartir su almuerzo. Ella se veía y se sentía perfectamente, y no entendía la razón del rechazo.

—Ana, cierra la boca. Nunca le digas a nadie que tienes el virus del SIDA porque te irá como a los demás, que son ridiculizados y expulsados de la escuela —dijo, cerrando el tema.

Por lo tanto, Ana cerró la boca. Le encantaba la escuela y no quería que la expulsaran. Nunca le había dicho a nadie que tenía el VIH, ni siquiera a Ramona, su mejor amiga. Cuando sonaba la campana al final de clases, Ana salía corriendo a casa de Ramona. Los calcetines se le resbalaban por las pantorrillas, pero ella sólo se detenía a subírselos cuando llegaba a la puerta. A veces, Ana se quedaba en casa de Ramona hasta el atardecer y la abuela de su amiga la invitaba a cenar arroz con carne. A Ana le encantaba estar con Ramona y su familia, y no quería que nada estropeara eso.

En una ocasión, Ana le confió a Ramona que extrañaba muchísimo a su mamá. Sabía que Ramona entendería porque ella también vivía con su abuela. Su madre tenía catorce años cuando ella nació y era demasiado joven para hacerse cargo de su hija. Pero aun cuando Ana consideraba que podía contarle a Ramona cualquier cosa, nunca le dijo que tenía el VIH. Y le alegraba no haberlo hecho, porque ahora estaba segura de que eso era algo que jamás le confiaría a nadie.

9

La abuela no quería hablar del VIH/SIDA, y tampoco sabía mucho al respecto. Ana tenía diez años cuando su abuela la llevó a un hospital infantil para que las enfermeras le enseñaran lo necesario.

Al principio, Ana se sentía muy nerviosa; no quería hablar del VIH, ni siquiera con una enfermera.

—Ana, tu abuela te dijo que tienes el virus del SIDA, ¿verdad? —le preguntó la enfermera López.

—Sí, lo sé —dijo Ana—. También sé que es un secreto que no debo contar nunca.

—Sí, pero no sólo eso —replicó la enfermera y luego se pasó una hora explicándole a Ana cómo se contagia la infección y qué hacer para seguir sana. Le dijo que la medicina la ayudaría a evitar que el VIH cobrara fuerza y se convirtiera en SIDA. También, que cuando fuera mayor y tuviera relaciones sexuales, era muy importante que siempre usara condón.

La educación de Ana continuó en la escuela. Unas semanas más tarde, un grupo de voluntarias llegó a su salón de quinto grado a darles una presentación sobre el VIH/SIDA. Varios de los alumnos hicieron bromas. Ana se quedó muda. Oía que sus compañeros hablaban en voz baja y pensó que se referían a ella. Quería salir corriendo, pero no deseaba llamar la atención. Aun cuando la maestra dijo que las personas con VIH/SIDA deberían recibir el mismo trato, Ana se sentía diferente, como si un gran reflector alumbrara su cara, haciendo que se sonrojara e iluminando su secreto. ¿Qué harían sus compañeras si se enterasen de que tenía el VIH? Deseó que nunca llegara a saberlo.

10

Ana pasó a sexto grado. Para entonces, ya tenía tres secretos y, como sucede con todos los secretos, uno protegía al otro.

Ana no hablaba de la muerte de su hermana porque no quería que supieran que posiblemente había muerto de SIDA.

No quería decir que su hermana tuvo SIDA porque no deseaba revelar que su madre también murió de SIDA.

No quería mencionar que su madre tuvo SIDA porque no quería que supieran que ella había nacido con el VIH.

Ana guardaba silencio porque le habían dicho que lo hiciera. Y no quería que la marginaran ni la trataran de manera diferente.

11

Ana se encontraba en la cafetería de la escuela, charlando con sus amigas sobre los chicos y las fiestas de la semana.

—Ricardo es tan guapo —le dijo en voz baja una amiga cuando un chico pasó junto a ellas.

—No es mi tipo —respondió Ana, empujando el pollo de un lado a otro del plato.

—Bueno, no importa —dijo otra compañera, cambiando el tema de conversación—. Mira a Angélica... está tan flaca. Apuesto a que tiene SIDA, te lo apuesto.

Ana se quedó helada. Ya se había dado cuenta de la discriminación hacia la gente con SIDA y sabía que la única razón por la que nadie la trataba mal era porque no sabían de su infección.

—Sí, debe tener el VIH o no estaría tan flaca —comentó otra de las niñas—. Mira sus brazos, tan huesudos; hasta da asco.

—Oye, chica, Angélica, no te nos acerques con tu

SIDA. No queremos que nos contagies —dijo otra chica al tiempo que le lanzaba un cartón de leche vacío. Angélica se puso de pie y salió de la cafetería, sus ojos llorosos mirando fijamente al piso de cemento mientras se alejaba.

Ana quería gritar: "¡Déjenla en paz! Yo soy la que tiene el VIH. ¿Y qué? No se van a contagiar de mí".

No obstante, en vez de decir algo, Ana guardó silencio. Se odiaba por hacerlo, pero tenía mucho miedo de que si sus amigas se enteraban de la verdad, la abandonarían y la dejarían sola. Bastaba con ver cómo trataban a Angélica. ¿Qué dirían si supieran que ella se había contagiado? No, no diría nada. Era su secreto.

12

En la escuela, Ana cubría su ansiedad exagerando su buen humor. Cuando se sentía deprimida, se daba ánimos bailando todo el día, sonriendo y coqueteando con los chicos. Era muy popular y captaba toda la atención dondequiera que se encontrara.

En casa, Ana tomaba su medicina todas las mañanas y todas las noches, y como se sentía bien, no le preocupaba enfermarse. Pero no podía estar tranquila allí por una razón totalmente distinta.

La abuela vivía con su novio, Ernesto, a quien Ana le encontraba parecido con un huevo. Trabajaba todo el día como guardia de seguridad en una compañía naviera y al llegar a casa se quitaba la camisa y se quedaba con su ajustada camiseta blanca, con lo cual la barriga le saltaba por encima del cinturón, dándole el aspecto de un huevo enorme. Ernesto se cepillaba el grasiento pelo negro hacia atrás. Tenía unos inexpresivos ojos verdosos y cejas muy pobladas. Aun cuando Ana e Isabel habían vivido con él desde que eran pequeñas, nunca lo consideraron su abuelo. No era parte de la familia y en vez de sentirse protegidas y seguras, Ana e Isabel se sabían vulnerables y temerosas cuando se quedaban a solas con él en alguna habitación.

Ernesto y la abuela bebían con frecuencia por las noches y fumaban cigarrillo tras cigarrillo, hasta que la casa apestaba a discoteca, saturada con el olor agrio de cerveza y el denso humo del cigarrillo. Mientras más bebían, más peleaban y hacían un ruido tan ensordecedor y desagradable como una alarma de incendio. Por lo general, cuando eso sucedía, la abuela y Ernesto terminaban durmiendo en habitaciones separadas, después de azotar las puertas.

En esas noches, Ana jugaba un juego que llamaba Huérfana. Se acurrucaba en la cama, cerraba los ojos, e imaginaba que ella e Isabel vivían solas junto a un río en una casa en la que tan sólo cabían dos niñas pequeñas. Alrededor de la casa había un huerto, donde hileras e hileras de manzanos en flor les ofrecían rojas manzanas maduras. Ana e Isabel pasaban las tardes tranquilas, riendo y volando cometas de colores que llegaban hasta las algodonosas nubes. Todo era paz y tranquilidad.

En otras ocasiones, Ana soñaba que vivía en una casa

más grande con Isabel, Lucía y sus padres. Toda la familia, feliz y saludable, comía y luego bailaba por toda la sala. No habían pleitos ni gritos, sólo paz. En su fantasía, por las noches mamá le cepillaba sus rizos y luego le cantaba hasta que se quedaba dormida.

13

Ernesto tenía dos personalidades muy distintas. En sus días buenos, era tranquilo y apenas hablaba. Trabajaba de 6 a.m. a 6 p.m., luego se iba a casa y se sentaba frente al televisor, cambiando constantemente los canales entre los diversos juegos de fútbol y béisbol, telenovelas y programas de concursos. Lo más importante es que no molestaba a Ana ni a Isabel.

Pero cuando bebía, Ernesto cambiaba. Se volvía ruidoso y detestable; vociferaba frente al televisor cuando su equipo de fútbol favorito no metía gol y le ordenaba a gritos a Ana y a Isabel que le trajeran otra cerveza. Mientras más bebía, peor se ponía. Era como un animal.

Si su abuela no se encontraba en casa, Ana casi siempre se ofrecía a llevarle las cervezas para proteger a Isabel. Muchas veces, tomaba la cerveza y sostenía a Ana por la muñeca, la acercaba hacia él y rozaba su gruesa barriga contra ella. Ana sentía un asco inmenso de que la tocara. En otras ocasiones, Ernesto deslizaba su mano por los senos de Ana o entre sus piernas si ella trataba de soltarse y alejarse de él. Cuando esto ocurría, Ana se sentía sucia y avergonzada; cuando le sucedía a Isabel, se quedaba furiosa e impotente.

14

Conforme pasaban los meses, estos asquerosos encuentros con Ernesto se hicieron cada vez más frecuentes. Ana deseaba ponerles fin, pero no sabía qué hacer o a quién contarle. Temía que si le contaba a su abuela, le echaría la culpa o, peor aún, no le creería. Ana sabía que la abuela había vivido con Ernesto durante años y que lo necesitaba para pagar la renta. No obstante, confiaba en que las defendería de él y decidió intentar.

Una mañana, después de que Ernesto se fue a trabajar, la abuela comenzó a limpiar la mesa del desayuno. Llevaba el mismo camisón azul pálido que usaba todas las mañanas. Ana decidió que era el momento de decirle.

Se armó de valor y dijo con el mismo aliento:

—Abuela, a veces cuando tú no estás, Ernesto me toca. —Ana hizo una pausa y agregó rápidamente—: También se lo hace a Isabel.

La abuela dejó de barrer y dirigió la vista hacia su nieta.

—Ana, ¡no mientas! —le dijo sin quitarle la mirada de encima—. No es cierto, así es que cierra la boca.

La abuela apartó a Ana, golpeándola con fuerza en la parte posterior de las piernas con el palo de la escoba. Luego regresó abruptamente a su quehacer.

15

Ana salió de la cocina enojada y humillada. ¿Cómo era posible que su abuela no le creyera? ¿Por qué habría de decirle mentiras? ¿Cómo podía preferir a Ernesto que a sus nietas, a su familia?

Ana se fue a su cuarto y cerró la puerta. Isabel era la única persona en la casa en quien podía confiar; ni siquiera podía contar con su abuela.

Al día siguiente, Ana e Isabel se quedaron a jugar en casa de Ramona hasta que la abuela las llamó. Encontraron a Ernesto en la sala, sentado frente al televisor en un extremo del sofá; en la mesa lateral había varias latas vacías de cerveza.

Su abuela se encontraba en el cuarto contiguo, por lo cual las niñas consideraron que estarían a salvo. Ana se sentó en el otro extremo del sofá e Isabel en medio de Ana y Ernesto. Cuando Isabel se levantó para ir al baño, Ernesto deslizó su mano sobre su trasero.

Isabel se quedó helada, lo miró fijamente y salió corriendo. Ana se levantó a toda prisa y se marchó detrás de su hermana.

Al día siguiente, Ana vio a su papá y decidió contarle lo que estaba ocurriendo. Quizá él podría parar a Ernesto.

—Papá —le dijo mientras caminaban por las calles del centro de la ciudad— a veces Ernesto nos toca. Sabemos que no está bien. Anoche tocó a Isabel y la molestó mucho. Me siento muy mal cuando él está cerca.

—Ana, si alguna vez te vuelve a tocar a ti o a Isabel, yo lo mato —dijo papá.

Ana se sintió mucho mejor al escuchar estas palabras, porque su padre le creía. Pero no quería que su papá terminara lastimado y temía que si su padre y Ernesto peleaban, las cosas empeorarían. Posiblemente Ernesto hiriera a su papá o tal vez la abuela las echaría de la casa. O, peor aún, papá terminaría en la cárcel. Su maravilloso papá era todo lo que ella e Isabel tenían en el mundo y no podían arriesgarse a perderlo.

16

La siguiente vez que Ernesto la quiso tocar, Ana lo confrontó.

—¡Déjame! —gritó al mismo tiempo que lo empujaba—. Porque si no, ¡te arrepentirás!

—¿Y qué me vas a hacer? —respondió Ernesto con voz ronca y una sonrisa burlona.

Ana no sabía, sólo quería que dejara de molestarlas.

17

—*Ven, vámonos a dormir* —le dijo Ana a Isabel, tomando la pequeña mano de su hermana. Las niñas se fueron a su cuarto, dejando a Ernesto solo en el sofá con la mirada clavada en el televisor.

Las niñas se sentían más seguras en su cuarto, donde dormían juntas en una cama matrimonial con sábanas color de rosa. Ana miró la fotocopia de su madre y lanzó un suspiro. Cómo hubiera deseado que ella estuviera aquí para ayudarla y protegerla.

A la mañana siguiente, muy temprano, incluso antes de que los pájaros cantaran, Ana se despertó sobresaltada al escuchar que se azotaba una puerta. Se incorporó y alcanzó a ver a Isabel recargada contra la puerta, llorando, con el pelo revuelto y la piel llena de manchas rojas.

—¿Qué te pasó? —preguntó Ana, temiendo lo peor, pero deseando con toda su alma que no fuera cierto.

Antes de que Isabel pudiera responderle, Ernesto empujó la puerta y entró en el cuarto.

—Si le dicen a su papá, nunca lo volverán a ver —las amenazó, apuntando un dedo a Ana.

Ana se sintió aterrada. ¿Dónde estaba su abuela? Por lo general, Ernesto se levantaba al amanecer y se marchaba a trabajar antes de que las niñas y la abuela despertaran.

—¡Abuela! —gritó Ana.

—Se fue a trabajar —respondió Ernesto—. Y de cualquier manera no te va a creer, así es que mejor cállate.

Cerró la puerta de golpe y desapareció.

Desafortunadamente, Ana sabía que tenía razón. Su abuela nunca le creería.

18

El día amaneció hermoso y soleado. Afuera de la ventana de Ana e Isabel, cientos de pájaros tropicales —gorjeadores amarillos y tángaras sanguinolentas— trinaban en los árboles. Casi parecía que nada hubiera sucedido, era sólo una mañana más.

Pero algo *sí* había sucedido. "No es tu culpa", le decía Ana a Isabel, tratando de consolarla. La ayudó a darse una ducha, a lavarse la asquerosa sensación de inmundicia que le había dejado Ernesto. Era todo lo que podía hacer por su hermana.

19

Esa noche, a la hora de irse a dormir, Ana e Isabel pasaron frente a Ernesto y su abuela, que estaban sentados en el sofá.

—Denle un beso de buenas noches a su abuelo —les dijo su abuela.

"No es nuestro abuelo, es una bestia asquerosa", pensó Ana. Sentía gran amargura y vergüenza; se culpaba por lo que le había sucedido a Isabel. Ana era la hermana mayor; debió haber hecho algo para protegerla.

En vez de eso, ella e Isabel obedecieron a su abuela, aun cuando las invadía la angustia y la repulsión cada vez que se acercaban a Ernesto.

Esa noche, las niñas cerraron la puerta del cuarto con llave, verificando dos veces que la puerta estuviera bien cerrada antes de dormirse abrazadas.

Varias noches después, Isabel fue al baño muy temprano y al volver al cuarto olvidó cerrar la puerta con llave. La abuela ya se había marchado a trabajar y Ana pensó que no había nadie en casa.

De pronto, se abrió la puerta del cuarto y Ernesto entró. Apestaba a alcohol y a cigarrillo. Tenía los ojos desorbitados, como los de un puma de la selva.

Ernesto le tapó la boca a Ana con su mano sudorosa para impedir que gritara. Isabel salió corriendo y se encerró con llave en el baño. Ernesto comenzó a tocar a Ana por todo el cuerpo.

Ana tenía la sensación de que esto le estaba sucediendo a otra persona.

Cuando todo terminó, Ernesto le repitió a Ana la misma advertencia: "¡No se te ocurra decir nada!".

Salió dando un portazo y el cuarto volvió a quedar en la oscuridad.

21

Ahora, Ana tenía un secreto más.

Ernesto abusó de Ana y de Isabel una sola vez, pero ellas lo volvían a vivir todos los días y Ana temía que si él intentaba hacerlo de nuevo, ella no podría detenerlo.

Ana quería hablar con alguien que la escuchara y le creyera. Más que nunca, deseó que su mamá estuviera viva para que la ayudara. Se sentía desesperada por proteger a su hermana.

22

En septiembre del año en que Ana cursaba el sexto grado, su papá se enfermó y Ernesto llevó otra cama a su cuarto. Papá estaba tan débil que ya no podía manejar el taxi y, cual niño pequeño, regresó a casa de su madre para que lo cuidaran.

Las fuertes lluvias de septiembre adormecían a su papá con su rítmico sonido. Cuando Ana e Isabel se iban a la escuela, él estaba dormido, y seguía dormido cuando volvían. Todos los días, al regresar de la escuela, Ana se sentaba en su cuarto y observaba a su papá. La tranquilizaba escuchar su respiración; su presencia la hacía sentirse más segura.

Papá se veía cada vez más pequeño; su cuerpo se había reducido a los huesos: codos, rodillas y dedos angulosos y los ojos hundidos en las cuencas. No se parecía al papá que a veces pasaba por la casa en las tardes para ayudarla con su tarea de matemáticas. Una vez que terminaba su tarea, el papá que ella recordaba encendía la radio y bailaba por toda la cocina.

—Miren, niñas —Ana lo recordaba decir, mientras flotaba por el piso. Las niñas lo miraban y seguían; sus pies se movían al ritmo de los bongós.

—Alíviate, papá —le susurraba Ana—. Quiero bailar contigo otra vez.

23

Papá tenía días buenos y días malos. En los malos, gritaba en medio de delirios. En un principio, Ana trataba de entender su farfulleo, preguntándose si estaría hablando en lenguas extranjeras y tratando de decirle algo importante. Después de un tiempo se dio cuenta de que sólo decía disparates sin ningún sentido.

Mientras Ana miraba a su padre dormir, a veces cerraba los ojos e imaginaba que vivía en el pasado, cuando su papá aún estaba sano. Recordaba la Navidad anterior, casi un año atrás, cuando su padre llegó a casa de la abuela el 24 de diciembre por la mañana, muy temprano, cargando una montaña de coloridos regalos.

Papá las miraba feliz mientras ella e Isabel abrían a toda prisa sus regalos: patines y vestidos a cuadros idénticos. Ana recordaba con nostalgia que se había sentado a la mesa junto a él cuando la familia, tomada de las manos, dijo una oración antes de comenzar la deliciosa cena de jamón y pan, mangos, manzanas, dulces y chocolate. Culminó su ensoñación con la imagen de su padre encendiendo fuegos artificiales, que volaban hacia el oscuro cielo cual millones de luciérnagas.

En los días buenos, papá podía conversar con ella.

—¿Están bien? —preguntó su papá un día—. ¿Isabel y tú se encuentran a salvo?

Ana comprendió su pregunta, pero no se atrevió a aumentar su sufrimiento.

—Estamos muy bien —respondió, forzando una sonrisa.

Ana no quería mentir, especialmente a su papá. Sólo quería negar la verdad.

24

Desde que su padre se fue a vivir con ellas, Ernesto no volvió a molestarlas. Tal vez por vergüenza, por la presencia de su papá o su enfermedad, pero Ernesto perdió interés en las niñas.

Ernesto seguía teniendo el mismo aspecto: sus piernas aún le recordaban un par de salchichas y la barriga le sacudía al caminar, pero su mirada era distinta. En vez de destilar furia animal y lujuria, sus ojos se veían cansados y derrotados. Prácticamente nunca miraba a las niñas y, cuando lo hacía, era con aburrimiento e indiferencia, lo cual era una bendición.

25

Ana no se dio cuenta de que su padre se estaba muriendo hasta el final. Veía que no comía y no podía levantarse, que perdió el control de sus intestinos y necesitaba que lo atendieran como a un bebé, pero siempre pensó que se recuperaría. Sin embargo, la somnolencia constante no era habitual en su papá.

"Mejor que duerma", pensaban Ana e Isabel. "Seguramente estará cansado". Pero la fatiga nunca pasaba y papá nunca recuperó las fuerzas.

Un día de mediados de octubre, Ana, Isabel y todos sus tíos y tías se reunieron en torno de la cama de su papá. Nadie hablaba. Su padre respiraba cada vez con mayor dificultad.

Papá volteó la cabeza y le dirigió a Ana sus últimas palabras: "Cuida a tu hermana".

Ana sintió que se le cerraba el pecho y no podía respirar. No había podido proteger a Isabel de Ernesto. Ya le había fallado a su padre pues le había sido imposible cumplir su último deseo.

Papá murió con los ojos abiertos, mirando fijamente al techo. El tío de Ana pasó la mano suavemente por los ojos de su hermano y los cerró para siempre.

26

Ana e Isabel abrazaron el huesudo cuerpo de su padre.
Besaron sus mejillas hundidas, pero ninguna de las dos
pudo hablar.

—Tenemos que llevarnos el cuerpo —le dijo la
abuela al tío de Ana, mientras ella cubría a su papá con
una sábana blanca.

—¿Adónde? —preguntó Ana—. ¿Adónde se lo
llevan?

—Al crematorio.

—¡No! —Ana lloró.

—Las cenizas a las cenizas, el polvo al polvo
—replicó la abuela, lo cual le pareció a las niñas una
actitud muy fría. Años después, Ana comprendería que
su abuela no era una mujer desalmada, que sólo necesitaba protegerse de su propia desesperación al darle el
último adiós a su hijo. No obstante, en aquel momento
sus palabras le parecieron crueles e insensibles.

Ana e Isabel salieron del cuarto después de que su tío se echó el cuerpo de su papá sobre el hombro y lo sacó de la casa. Ernesto procedió a quitar la cama y sus pertenencias.

El cuarto se veía vacío, la casa se sentía vacía. En el sitio donde había estado la cama sólo quedaron polvo y pelusa. Ana se negó a regresar los muebles al centro de la habitación o a barrer la polvorienta sombra. Quería dejar espacio en su cuarto, por si acaso su padre volvía.

27

Después de que murió su padre, Ana quería escapar; salir corriendo por las calles polvorientas, por las colinas cubiertas de azucenas amarillas, alejarse de la realidad de lo sucedido. Aída, la tía favorita de Ana, observó la inquietud en los ojos de su sobrina y le pidió que la acompañara a la tienda. Mientras caminaban, Ana se secó los ojos.

—Me siento muy confundida, pero me da miedo preguntarle a la abuela —le comentó a su tía Aída—. ¿Papá tenía SIDA?

—Sí —respondió Aída mirando al suelo—. Se lo contagió tu mamá.

—¿Cómo se contagió *ella?*

La tía suspiró, sin saber qué contestar. Luego le contó a Ana la verdad.

—Ana, lo que te voy a decir no es fácil —comenzó—. Tanto tu mamá como su hermana fueron violadas por su padrastro cuando eran niñas. Su padrastro tenía SIDA y las contagió.

—Y las dos murieron —dijo Ana suavemente.

—Sí.

Aída abrazó a Ana y caminaron en silencio. Ana comprendía el asco que debió haber sentido su madre cuando su padrastro la tocaba. También comprendía que ella había contraído esa enfermedad despiadada. ¿Qué le sucedería? Tenía demasiado en qué pensar, de manera que se concentró en cada paso que daba al caminar.

28

Unas semanas antes, la abuela había comprado una pequeña cripta en el cementerio, junto a la tumba de su madre, la abuela de papá. Incluso en la muerte, papá quedó lejos de mamá y Lucía, que estaban enterradas del otro lado de la ciudad.

En el funeral de papá, Ana se vistió con falda larga negra y una blusa negra. Se peinó con un moño muy apretado. Cuando llegaron al cementerio, Ana e Isabel se tomaron del brazo y caminaron juntas hacia el jardín donde se oficiaría la misa.

Ana se sentó en la primera fila, entre Isabel y su abuela. Cuando volteó, vio a Ramona y a su abuela; estaba contenta de que hubieran venido a despedirse de su padre.

"Yo soy la resurrección y la vida", comenzó el sacerdote. "Quien cree en mí, no morirá sino vivirá eternamente."

Los ojos de Ana se llenaron de lágrimas. Ahora que

comenzaba el oficio se dio cuenta de que la muerte de su padre era permanente, irreversible. No quería que este momento fuera real; no quería decirle adiós por última vez.

"Dichosos los que mueren en el Señor", continuó el sacerdote. "Porque, dice el Señor, ellos descansarán de sus fatigas."

Ana sintió consuelo al imaginar que su papá descansaría de sus fatigas. Le gustaba la idea de imaginarlo tranquilo en el cielo, pero Ana no quería que se fuera al cielo, sino que se quedara aquí, con ella.

Uno por uno, los miembros de la familia pasaron a despedirse de su padre. Entre lágrimas, contaban su historia preferida sobre la vida del difunto y mencionaban cuánto lo iban a extrañar.

Ana escuchó la historia de su abuela sobre cuando su papá era niño y jugaba en las polvorientas calles frente a su casa con un camión rojo que le encantaba. La abuela terminó recordando cuánto amaba a Ana e Isabel, y cuánta felicidad y orgullo le habían dado. Al escuchar esto, Ana comenzó a llorar con más fuerza y apretó la fría mano de Isabel.

Después, su tía Aída, la hermana menor de su papá, dijo: "Era el alma de todas las fiestas. Se pasó la vida bailando".

El sacerdote preguntó si alguien más deseaba hablar. Ana se puso de pie; las manos le temblaban y sintió que se iba a desmayar, pero necesitaba desahogarse. Además, pensó que si hablaba en ese momento, en el oficio fúnebre de su papá, era más probable que Dios la escuchara.

"¿Por qué te llevaste a papá?", le gritó a Dios.

Lloró un momento y luego continuó: "Era todo lo que teníamos. Ya nos has quitado bastante. ¿Por qué también a mi papá?"

Fue todo lo que dijo. Se alejó con la cara enrojecida por la rabia. Estaba enojada con Dios, enojada con la abuela, enojada con todo el mundo.

29

Durante los días que siguieron al funeral, Ana observó que su abuela había envejecido. Sus cansados ojos cafés mostraban el cansancio de meses de noches sin dormir, cuidando a su hijo; tenía la cara cubierta de arrugas diminutas, muy parecidas a los ríos que Ana estudiaba en clase de geografía. Su pelo, que había sido negro, se había vuelto casi totalmente plateado. Y las comisuras de los labios, curvadas hacia abajo, le daban un aspecto cansado y triste.

Todas las tardes, la abuela regresaba después de cumplir un turno de doce horas en el restaurante donde trabajaba como mesera. Se desplomaba en una desgastada silla verde de la sala y cerraba los ojos. Cruzaba un brazo para sobarse el hombro, como si le doliera. Se veía cansada.

Sentadas en el suelo, Ana e Isabel miraban un programa de concursos en la televisión, a todo volumen.

Las concursantes, vestidas con minifaldas de cuero, cumplían retos tontos para ganarse un viaje a México y las niñas aplaudían a todo pulmón a sus favoritas.

La sala era un desastre: la muñeca de Isabel estaba sentada en el piso y la ropa de Ana estaba apilada sobre el sofá. Una de ellas había tirado un vaso con agua en el borde del sucio tapete y no se había tomado la molestia de limpiarlo.

Después de descansar unos minutos, la abuela abrió los ojos y observó el caos de la habitación.

—Ana, ¿qué es esto? —le preguntó. Miró en torno de la sala y suspiró—. Todo el día trabajando para ustedes. Esta casa es un asco. Recojan todo de inmediato.

—Espera un poco —contestó Ana, ignorando a su abuela y sin quitar los ojos del televisor.

—¡No! —respondió la abuela enojada—. ¡Ahora mismo!

—Estoy viendo la televisión —dijo Ana volteando a ver a su abuela y entornando los ojos.

La irritación y la tristeza de la abuela se desbordaron y el creciente enojo la hizo explotar.

La abuela emitió un chasquido. Alcanzó una percha de metal y se acercó furiosa a Ana, golpeándola con gran fuerza en la parte posterior de las piernas y en el trasero. Ana intentaba esquivar los golpes, pero no lloró ni le suplicó a su abuela que dejara de pegarle mientras ella la azotaba una y otra vez.

Abuela ya le había pegado antes, con la mano abierta y con el palo del cepillo y la escoba, pero nunca con tanta fuerza ni salvajismo.

Cuando la abuela terminó, se fue a su cuarto, dejando a Ana tirada en el piso; las piernas le ardían como si le hubiera picado un panal de abejas. Isabel, acuclillada en un rincón, miraba la escena, incrédula.

Ana lloró en silencio. En ese momento, odiaba a su abuela con una intensidad que no había sentido nunca antes. La odiaba por haberla golpeado. La odiaba por no haberlas protegido de Ernesto, por pensar que ella era una mentirosa.

Ana se miró los verdugones que parecían rojas serpientes que se arrastraban por sus piernas. Esta vez, su abuela le había dejado señales.

Esa noche, Ana se fue a dormir sin dirigirle la palabra a la abuela. A la mañana siguiente, no la miró a los ojos durante el desayuno ni se despidió de ella cuando se fue a la escuela.

Después de clases, Ana no quería regresar a su casa. Seguía muy enojada y no quería verle la cara a su abuela, de manera que se fue directamente a casa de Ramona. Volvió a su casa después de cenar. Abrió la puerta y entró airosamente en la habitación sin decir palabra.

—¿Dónde estabas? —le preguntó la abuela muy seria.

—En la calle.

—¿Dónde?

—En la *calle*.

Las golpizas se volvieron un hábito. Ana y su abuela se convirtieron en dos fuerzas opuestas: ambas enojadas, heridas y confundidas, ambas provocando y desafiando a la otra. Ana se rebelaba y, en respuesta, la abuela la golpeaba. Ninguna de las dos encontraba las palabras para expresar sus verdaderos sentimientos. Ana se hallaba atrapada en una vida que cada día le resultaba más dolorosa, pero su abuela era el único miembro de la familia que tenían ella e Isabel, y Ana no sabía qué hacer.

Durante el tiempo que su papá estuvo enfermo y después de su muerte, Ana iba a la iglesia a clases de catecismo. Todos los domingos, un sacerdote y una monja se reunían con un grupo de alumnos de sexto grado para prepararlos a hacer su primera comunión. La clase era para niños mayores de nueve años y casi todos los compañeros de Ana tenían doce o trece años.

A Ana le gustaba sentarse en las bancas de la iglesia junto a sus amigas, cantar himnos de gracias y alabanza. Le encantaban las historias de lucha y redención, y se aferraba a la promesa de que algún día se acabarían sus sufrimientos y su pobreza y ella sería recibida en el reino de los cielos.

Más que nada, encontraba consuelo. Desde el funeral de su papá, cuando Ana le gritó a Dios su dolor y sufrimiento, ya había hecho las paces con Él. Ya no lo culpaba por haberle quitado a su mamá, a su papá y a su

hermana, por no protegerla de Ernesto. Ya no sentía que Dios se había olvidado de ella o que la había abandonado en el camino.

Había hablado con toda honestidad y franqueza y Dios la había escuchado. No se había vengado ni la había castigado, sino perdonó su enojo. El mundo no se había acabado. Los pájaros seguían volando de árbol en árbol, las palmeras aún se mecían con el viento y la cálida brisa hacía que el pelo suelto rozara su cuello, provocándole un cosquilleo. El enojo de Ana no la había destruido.

En ese momento, Ana aceptó a Dios. Aun cuando no esperaba que la situación cambiara en casa de su abuela, tenía fe en que Dios la protegería toda su vida y la llevaría con sus padres cuando muriera. Asistía a sus clases de religión con el corazón alegre y lleno de esperanza.

32

Durante la última clase antes de la primera comunión, Ana miró el cáliz con el amargo vino rojo y la bandeja de hostias. Alzó la mirada hacia el colorido mosaico de la Virgen María que se encontraba a un lado del altar y pensó en su mamá. Aquí se sentía cerca de ella.

La semana anterior a la primera comunión, Ana se dirigió al oscuro confesionario y le contó al sacerdote sus errores. Le confesó que había herido a su abuela con palabras tan agudas como un trozo de vidrio; que en ocasiones no hacía su tarea; que se había enojado con Dios pero que ya habían hecho las paces. No le dijo que tenía el virus del SIDA ni le contó de Ernesto; estos secretos eran sólo suyos y no sentía culpa por guardarlos. No era responsable de haber nacido con el VIH ni de que Ernesto hubiera abusado de ella en la oscuridad. Pero incluso si hubiera querido contarle al sacerdote, no podía olvidar las palabras de su abuela: "No le digas a nadie, nunca".

El día de su primera comunión, Ana se vistió con el tradicional vestido de encaje blanco y un velo sobre la cara. Al mirarse en el espejo, le rezó a Dios y a sus padres: "Papá, ayúdame, mamá protégeme".

El grupo se reunió una hora antes de la ceremonia para su preparación final. El sacerdote le preguntó a cada uno si tenía preguntas y les pidió que escribieran una carta donde plasmaran sus esperanzas para el futuro, incluyendo a Dios en su vida.

Ana no sabía por dónde comenzar. Cuando se encontraba en la iglesia, se sentía mucho más cerca de sus padres; cerraba los ojos y percibía que papá y mamá la cuidaban y le aseguraban que todo saldría bien. No obstante, en cuanto abría los ojos recordaba el vacío que la muerte de ambos había dejado en su vida.

Pensando en sus padres y su vida con la abuela, Ana tomó la pluma y comenzó a escribir. Nunca imaginó cuál sería el resultado. Abrió su corazón con gran honestidad y escribió:

Quiero vivir en una casa donde no haya abusos. Ya no quiero pelear. Estoy cansada de los magullones que cubren mi cuerpo y de la oscuridad de mi corazón. Cómo quisiera que mis padres vivieran para prote-

germe a mí y a mi hermana. Protégeme,
Dios. Protégenos.

Cuando terminó, Ana dobló la hoja en dos, se la entregó al sacerdote y tomó su lugar frente a la congregación.

33

Después de la ceremonia, Ana y su familia —tías, tíos y primos— regresaron a la casa a celebrar. La abuela preparó un banquete de arroz con pollo, patas de cerdo, yuca frita, dulces, plátanos fritos y tortillas fritas con queso y chorizo. A Ana le encantaba comer, pero ella y su familia rara vez comían tanto, excepto en los días de fiesta. Ana estaba radiante de felicidad, orgullosa de sus logros y emocionada de que este banquete fuera para ella.

—Te ves linda —le dijo su tía Aída, dándole un abrazo—. Me siento muy orgullosa de ti.

Eran palabras que Ana escuchaba muy pocas veces. Ese día era muy especial para ella y sintió que tal vez las cosas comenzarían a ser diferentes.

34

El siguiente sábado por la mañana, un policía llamó a la puerta. La abuela abrió, sorprendida de ver a un uniformado en su puerta.

—¿Puedo entrar? —preguntó, mostrándole su placa. Ana e Isabel se encontraban en su cuarto, escuchando.

—Claro —respondió la abuela—. ¿Hay algún problema? ¿Está bien Ernesto?

El policía apenas cruzó la puerta.

—Entiendo que ha habido problemas con su nieta Ana —le dijo.

—¿Ana? —respondió la abuela—. No, Ana está muy bien.

El policía le contó que el sacerdote se había puesto en contacto con él y le mencionó lo que había escrito en su denuncia.

Ana, que escuchaba desde su cuarto, sintió pánico. Sabía que el policía se encontraba en su casa como respuesta a la carta que había escrito; le aterraba pensar en la golpiza que recibiría en cuanto el policía se marchara.

—¿De qué habla? ¿Ana dijo eso? ¿Quién lo dijo? —preguntó la abuela, levantando la voz e impacientándose más mientras hablaba.

—No importa quién —afirmó el policía.

—Soy una buena madre, una buena abuela —alegó—. Me quedé con estas niñas cuando su madre murió. Las he cuidado durante diez años.

—Lo siento. Por favor cálmese y hablemos.

Como una tormenta súbita, el ánimo de la abuela cambió. Fue como si de pronto se hubiera dado por vencida. Suspiró profundamente.

—Si ella se quiere ir —dijo la abuela—, llévesela. Llévese a las dos.

Se dio la vuelta y salió de la habitación. Ana se quedó consternada. ¿Qué les sucedería ahora a ella y a Isabel? ¿Adónde irían a parar? Debió haber guardado silencio, tal como dijo la abuela.

35

Con su ropa y juguetes guardados en una bolsa de plástico para basura, Ana e Isabel partieron a casa de su tía abuela Sonia, ubicada a unos kilómetros de donde vivían. Sonia no se mostraba precisamente feliz de tenerlas, ya que pasaba grandes dificultades para alimentar, educar y darles lo necesario a sus propios hijos y nietos, pero era la única pariente que demostró disposición y capacidad económica para acogerlas en ese momento.

La casa de Sonia era mucho más pequeña que la de la abuela. Las niñas compartían dos dormitorios, una cocina y un pequeño comedor con once parientes más. Instalaron a Ana e Isabel en una habitación con su prima Susana, de veinte años, su marido y sus tres niños, todos menores de cuatro años.

Ana e Isabel no tenían espacio para jugar ni hablar en privado, pero se sentían aliviadas de alejarse de Ernesto y de las golpizas. Esa noche, recostada en su cama, Ana escuchaba el coro de respiraciones y ronquidos que la rodeaban en el pequeño cuarto. En vez de sentirse amontonada, los sonidos la reconfortaban, cual si fuera un cachorro que se acurruca con sus hermanos de camada antes de dormirse.

36

Pocas semanas después de que Ana llegó a casa de Sonia, se graduó de sexto grado. Sabía que nadie de su familia había puesto un pie en la universidad y ella quería ser la primera en terminar la secundaria y estudiar una carrera. Estaba segura de que ya iba en buen camino.

Su graduación le provocó sentimientos encontrados de alegría y tristeza. Sin duda era un gran logro y Ana estaba feliz de obtener su diploma, pero se sentía triste porque mamá y papá no se encontraban entre los demás padres que llevaban globos y aplaudían a sus hijos con gran alharaca.

Después de la ceremonia, la escuela ofreció una fiesta para los graduados y sus familias en la piscina del barrio. Ana nadó con sus amigas y más tarde, cuando el sol se ocultó tras las exuberantes y verdes colinas, comió plátanos fritos y papas fritas.

Ana había terminado de comer cuando vio llegar a su

tía Aída a la fiesta. Le sonrió y la saludó desde lejos. Más tarde, el crepúsculo se convirtió en noche estrellada y las estrellas brillaron cual velas encendidas en la iglesia por los seres queridos. Ana y Aída se quitaron los zapatos y comenzaron a bailar. Ana sabía que Aída no podía hacerse cargo de ella y su hermana porque tenía dos hijos pequeños y uno más en camino. Aída no tenía dinero para alimentar dos bocas más, pero Ana sabía que su tía la quería y eso bastaba por el momento.

37

Después del verano, la tía Sonia inscribió a Ana en séptimo grado en la secundaria local. Ana hizo amigas muy pronto y comenzó a escribirse notitas y a reírse con Yolanda, su nueva mejor amiga. Ana admiraba el carácter alegre de Yolanda y su risa fácil. Se sentía muy unida a ella porque también vivía sin su padre.

Después de clases, Ana pasaba todo el tiempo posible en casa de Yolanda. Su mamá sabía que los padres de Ana habían muerto y que ella había tenido que marcharse de casa de la abuela, de manera que hacía todo lo posible por mostrarle cariño y hacerla sentir bienvenida en su casa. El papá de Yolanda las había abandonado años atrás, por lo cual había suficiente lugar en la mesa para que Ana se quedara a cenar. Con frecuencia, la mamá de Yolanda se daba tiempo para trenzar el largo pelo de Ana y, lo que más le gustaba a Ana, a veces la llamaba "mi amor". En casa de Yolanda, Ana no se sentía

enojada ni avergonzada; tampoco le pesaba la carga de su pasado.

Ana continuamente le decía a la tía Sonia que ella y Yolanda tenían tarea o que la mamá de Yolanda le había pedido que la ayudara a limpiar la casa o a hacer el jardín... cualquier excusa para pasar tiempo con ellas. Por lo general, a nadie le importaba si Ana no estaba en casa, a nadie salvo a Isabel. Ana sabía que Isabel se sentía abandonada y sola cuando ella se iba con su nueva amiga, y hacía lo posible por pasar tiempo con su hermana.

Cuando estaban juntas, Ana y Yolanda bailaban y chismorreaban, ensayaban maquillajes y experimentaban con peinados nuevos. Siempre que Ana cenaba en casa de Yolanda se disculpaba después de comer para tomarse su medicina contra el VIH/SIDA en privado.

En ocasiones, Ana se quedaba a dormir en casa de Yolanda y, cuando esto ocurría, ambas conversaban en voz baja hasta el amanecer. Ana le contaba que extrañaba a su papá y a su mamá, que muchas veces se sentía sola, y cómo la golpeaba su abuela. Pero aun en esas noches en que las chicas se abrían su corazón una a la otra, Ana no compartía todo. Todavía no le confiaba a nadie que tenía el virus del SIDA ni lo que le había hecho Ernesto. Ana no quería revelar estas verdades de su vida porque sentía que, mientras las ocultara, realmente no formaban parte de ella.

38

Una vez al mes, Ana no iba a casa de Yolanda después de la escuela; tampoco le decía a su amiga adónde iba. Ana caminaba varias cuadras y esperaba en una esquina el autobús que la llevaba de su barrio al hospital infantil de la ciudad.

A Ana le encantaban los autobuses. Parecían fiestas ambulantes, pintados con llamativas imágenes tipo *graffiti* de la Virgen María y Jesús, junto a Bugs Bunny y el Diablo de Tasmania. Hileras de luces rojas, verdiazules y lavanda colgaban de las ventanas que siempre estaban abiertas, de manera que la polvorienta brisa soplaba en el interior.

Ana abordaba el autobús y buscaba lugar junto a la ventana, desde donde miraba fijamente hacia afuera, imaginando que iba a visitar a su papá a su apartamento en la ciudad. Deseaba tanto que su papá siguiera vivo.

Al llegar frente al hospital, Ana descendía del

autobús y se abría paso entre el laberinto de pasillos. Nunca tenía que detenerse ni preguntar indicaciones, pues conocía el camino que terminaba frente a la puerta con el letrero Unidad de Enfermedades Infecciosas.

—Hola, enfermera López, ¿cómo está? —le preguntaba Ana sonriendo a la enfermera sentada detrás del mostrador.

—Hola, Ana. Estoy bien. ¿Cómo te has sentido? —respondía la enfermera con gran amabilidad.

—Bien, me siento muy bien; sólo vine por mi medicina.

Desde que se había mudado con la tía Sonia, Ana iba sola por su medicina. Tía Sonia sabía que Ana vivía con el virus del SIDA, pero no tenía tiempo para ir a la ciudad a recoger el medicamento.

—Claro —respondió la enfermera.

La enfermera contaba las píldoras blancas y las guardaba en un frasco pequeño. Le extendía a Ana un formulario para que lo firmara, y le entregaba las píldoras y un recibo.

Ana le daba las gracias a la enfermera y salía. A veces, se quedaba y asistía al programa educativo sobre SIDA para informarse más sobre cómo mantenerse sana y evitar el contagio del VIH. Cada tres meses se sometía a una revisión y prueba de sangre. Ir al hospital le resultaba a Ana tan común como respirar, como despertar cada mañana y ver la foto de su mamá.

39

Siempre que Ana regresaba de casa de Yolanda, sentía la tensión crecer a cada paso. Estaba harta de vivir con la tía Sonia. Nadie le decía que la quería ni que era bonita o inteligente; nadie le agradecía que ayudara a lavar los trastes o a sacar la basura; nadie la abrazaba ni le trenzaba el pelo. No era valorada como miembro de la familia; sabía perfectamente que era una carga incómoda.

Salía de casa de Yolanda sintiéndose como una adolescente normal de trece años, pero cuando llegaba a casa de su tía abuela, su actitud era de hostilidad y enojo, siempre lista para defenderse, lo cual tenía que hacer con bastante frecuencia. Ana se había convertido en una luchadora; rara vez iniciaba la confrontación, pero ya no se encogía cuando la amenazaban.

La tía Sonia y su prima Susana la trataban como basura. Si Ana llegaba cinco minutos tarde después de la escuela, la tía le gritaba.

—¿Qué estabas haciendo? ¡Qué!, ¿eres una callejera?

Si Ana respondía, la tía alcanzaba un matamoscas o un cable de extensión y la golpeaba.

En un principio, las golpizas no eran fuertes, pero conforme pasaban los meses, los castigos se volvieron más duros, más severos y más frecuentes. Ana y la tía abuela desarrollaron un diálogo, una danza, ambas conscientes de lo que la otra respondería. Ninguna de las partes quería ceder y la situación se había convertido en una guerra de voluntades. La actitud hiriente de Ana y la estricta autoridad de Sonia representaban fuerzas opuestas que se enfrentaban.

Ana ya no quería seguir siendo una víctima. Todo el enojo que la invadía —con Ernesto por lastimarla, con su abuela por no protegerla, con la muerte de su madre y de su padre, con su tía abuela y primos por no quererla y aceptarla— toda esta furia hervía en su interior, esperando que alguien la provocara. Con el menor incidente, se convertía en una salida para el dolor físico y emocional.

Ana se defendía con una voz tan aguda como un machete: "No me toques ¡No te atrevas a tocarme, bruja! Ni a Isabel ni a mí".

La tía Sonia no aceptaba el nuevo estilo de Ana ni la falta de respeto en su voz, por lo cual la castigaba cada vez más.

Por lo general, Susana era quien iniciaba las confrontaciones, como si molestar y golpear a Ana fuera una diversión cuando le aburrían las telenovelas. En una ocasión, Ana llegó una hora tarde de casa de Yolanda y Susana informó con gran gusto: "Mamá, Ana llegó *muy* tarde hoy".

Ana fue obligada a arrodillarse en un rincón de la casa mientras Susana, su marido y los niños se reían de ella. Isabel fue la única que no se rió; prefirió quedarse en su cuarto. No podía proteger a Ana ni soportar su dolor. Ana permaneció en el rincón durante dos horas mientras los demás veían la televisión sentados en el sofá. Sentía un tremendo dolor en la espalda y en las rodillas.

Ana casi prefería el dolor; incluso le venía bien porque le confirmaba lo que creía de sí misma: que merecía que la lastimaran, que ella era un problema. Ya nadie la amaba, salvo Isabel. Y no quería ni imaginar lo que sucedería si los demás supieran toda la verdad, todos sus secretos. ¿Acaso no fue por eso que su abuela le dijo que cerrara la boca?

40

Aun cuando Ana aceptaba las golpizas en su casa, se sentía profundamente humillada cuando su tía o su prima le pegaban en público. Para evitar este tipo de vergüenzas, Ana prefería callar y estar tranquila cuando salía con su familia, pues si se mostraba combativa o respondona, la abofeteaban o la pateaban en plena calle.

Peor que el dolor de las golpizas era la vergüenza que sentía al ver que alguien de la escuela presenciaba la escena del otro lado de la calle. La mayoría de las veces, sus amigas se daban la vuelta, tratando de evitarle la mortificación. Al día siguiente cuando se encontraban en la escuela, ignoraban el incidente. Ana era infeliz, estaba muy herida y necesitaba ayuda.

41

El señor García era el maestro preferido de Ana, pues dedicaba una parte de la clase a hablar con sus alumnos... y a escucharlos. Les preguntaba sobre sus planes para el fin de semana, para el verano, para el resto de sus vidas. Los animaba a abrirse y contarle cualquier problema que se les presentara, en la escuela o en casa.

El señor García era mucho más joven y relajado que el resto de los maestros. Vestía guayaberas y pantalones de mezclilla a diferencia de sus colegas que usaban ropa más formal; además, utilizaba ejemplos de la cultura pop y humor en sus clases. Era un maestro excelente y sus alumnos lo querían mucho.

—Ana, ¿podrías quedarte un momento después de clase? —le dijo un día.

Una vez que los demás alumnos se formaron y salieron del salón hacia sus casilleros, el señor García cerró la puerta y se volvió hacia Ana.

—No quiero mortificarte, pero he observado que siempre tienes magullones en los brazos y las piernas —le dijo cariñosamente—. ¿Estás bien? Quiero que sepas que puedes tenerme absoluta confianza.

—Estoy muy bien —respondió Ana instintivamente, al tiempo que jalaba las mangas del uniforme para ocultar los magullones. Le daba vergüenza que resultaran tan evidentes para cualquier persona que tuviera el cuidado de observar.

—En realidad, mi tía abuela... a veces... —Ana hizo una pausa antes de continuar—. A veces me pega y me patea.

De pronto las palabras comenzaron a fluir. Le contó que su tía abuela la golpeaba y humillaba, y que anteriormente la habían sacado de casa de su abuela por la misma razón.

—Quiero salirme de casa de mi tía Sonia —le confió—, pero no quiero dejar a mi hermana Isabel. No sé qué hacer.

—Trataré de ayudarte —le respondió el señor García tranquilizándola. Ana estaba segura de que lo decía de corazón.

42

Hablar con el señor García le infundió a Ana el valor para tratar de cambiar su situación. Camino a su casa, fue a ver a la mamá de Yolanda.

—Soy muy infeliz en casa de mi tía abuela. ¿Puedo vivir con usted un tiempo? ¿Por favor?

Ana contuvo la respiración. Se percataba de la imprudencia de pedir tanto, de arriesgar tanto. Si la mamá de Yolanda no la aceptaba, se sentiría rechazada y herida, y, en adelante, nada sería igual en esa casa.

—Claro, Ana —fue la respuesta. La señora la abrazó con cariño, haciendo un esfuerzo por evitar los magullones.

Ana corrió a su casa y guardó su ropa en una bolsa. Se le heló el corazón al mirar la cama individual que compartía con Isabel. Tendría que dejar a su hermana.

"Isabel no tenía problemas con la tía Sonia. En cuanto la tía abuela explotaba, ella parecía encogerse y volverse invisible. Isabel evitaba las confrontaciones y, por lo general, también las golpizas.

"Isabel estará bien por el momento", se dijo Ana. "Trataré de que la mamá de Yolanda también la acepte". Con este deseo, Ana se sintió satisfecha con su decisión. No defraudaría a su padre: cuidaría a su hermana, pero tendría que esperar un poco y regresar por ella después.

Isabel aún no regresaba de la escuela, de manera que Ana no tuvo oportunidad de explicarle la situación. Tomó una pluma y le garabateó una nota detrás de su tarea de álgebra:

Hola, hermana:
Me fui a casa de Yolanda. Ella y su mamá
dijeron que podía vivir ahí un tiempo. Ya
no soporto tantos abusos. Te prometo que
volveré por ti. Te cuidaré.
Te amo.
Tu hermana,
Ana

43

Esa noche, Ana no podía dormir. El señor García había llamado a la mamá de Yolanda por la tarde, y le explicó que ayudaría a arreglar los papeles si la familia estaba dispuesta a adoptar a Ana legalmente. La mamá de Yolanda quería a Ana como a una hija y dijo que consideraría el asunto con la mayor seriedad.

Ana era consciente de que antes de permitir que la mamá de Yolanda la adoptara, tenía que decirle la verdad sobre su enfermedad. De otra manera, no sería justo para la familia.

A la mañana siguiente, Ana se despertó y encontró a Yolanda y a su mamá en la cocina desayunando huevos y plátanos fritos. Los tonos rosados y amarillos del amanecer iluminaban la habitación. En la pequeña mesa había un plato de comida esperándola.

Ana se sentó. Necesitaba descargar todo antes de probar un solo bocado.

—Hay algo que deberían saber —comenzó—. Tengo...

Se detuvo y miró su plato. No encontraba las palabras. ¿Que sucedería si les decía la verdad y le contestaban que no podía quedarse con ellas? ¿Adónde iría?

Ana respiró profundamente y comenzó de nuevo.

—Tengo el virus del SIDA —soltó abruptamente—. Mis padres me contagiaron. Los dos murieron pero, si tomo mi medicina, estaré bien. Y ustedes no se van a contagiar si vivo en la misma casa; no tendrán problema.

Ana miró a la mamá de Yolanda con los ojos llenos de lágrimas.

—Sí —dijo Yolanda extendiendo su brazo para tocarla—. No habrá problema.

La mamá de Yolanda le secó las lágrimas y le dijo: —Puedes quedarte aquí. Ahora come, que se enfría tu desayuno.

Ana no esperaba que la aceptaran tan fácilmente. No esperaba que la trataran como a una adolescente normal, aunque tuviera el virus del SIDA.

44

Durante varios días, Ana iba a la escuela por la mañana y regresaba a casa de Yolanda por la tarde. Extrañaba a Isabel y le preocupaba que su tía abuela Sonia la castigara ahora que ella ya no vivía con ellos, pero tenía miedo de llamar o de visitar la casa; no quería enfrentarse a Sonia. No tenía nada que decirle y sabía que sólo pelearían.

El señor García había presentado los papeles para que Ana pudiera permanecer legalmente con la familia de Yolanda mientras se arreglaban los documentos de adopción. Era necesario que Ana se presentara ante el juez local para que la mamá de Yolanda pudiera tener la custodia temporal.

Las palmas le sudaban cuando entró en la sala del juzgado. Sobre el escritorio del juez había pilas de papeles. Abrió una carpeta de papel manila y sacó varias hojas. Después de echarle un ojo a los papeles, miró a

Ana, a Yolanda y a su mamá por encima de sus anteojos.

—¿Tú eres...? —preguntó, dirigiéndose a Ana.

—Yo soy Ana.

—Bueno, Ana, esto no va a proceder —le dijo—. No puede adoptarte alguien que no sea de tu familia, al menos no sin el consentimiento de los demás parientes.

Ana se quedó petrificada. Su tía abuela y su abuela no lo permitirían. Y ahora era demasiado tarde para echarse atrás. Es más, Ana sabía que su familia nunca la perdonaría por haberlos hecho pasar semejante vergüenza y jamás podría volver a ellos. Se quedó mirando al juez.

—Tendrás que ir a un centro de readaptación social.

¿A un centro de detención para jóvenes? Pero si no había hecho nada.

—No, por favor, señor —Ana rogó—. Por favor.

El juez ni siquiera la miró. Sólo tomó la carpeta que contenía los detalles del caso siguiente.

45

Esa noche, después de cenar, Ana llegó al centro de readaptación con todas sus pertenencias en una bolsa del supermercado. Le dieron una caja de cartón para que guardara sus artículos personales. Una mujer alta de pelo negro y ojos severos le extendió una camiseta y shorts de algodón.

—Este es tu uniforme —le dijo sin sonreír—. Tendrás que usarlo todos los días.

Ana miró a su alrededor. Era un edificio viejo, convertido en centro de readaptación y orfanato. Las instalaciones constaban de tres estructuras conectadas, una para niños pequeños, otra para niñas adolescentes y la tercera para chicos adolescentes. Aun cuando los muros estaban pintados en luminosos colores coral y turquesa, Ana veía todo como a través de una nube gris.

La custodia condujo a Ana al dormitorio de niñas donde descansaban alrededor de veinte chicas en camas colocadas en hilera. No había aire acondicionado ni ventilador; un aire caliente y rancio impregnaba el cuarto.

La custodia abrió la puerta, semejante a los barrotes de metal de la celda de una cárcel, y la mantuvo abierta mientras Ana entraba. Luego la cerró con llave, diciendo: "La última hilera".

El baño estaba en el mismo cuarto. Las divisiones carecían de puertas, no había privacidad. Como nadie le hablaba, Ana sufrió la humillación en silencio. Se colocó una máscara de valor e indiferencia, como si ya hubiera pasado por peores situaciones. No quería que nadie percibiera su debilidad y temor.

Ana buscó su cama y se encaramó al colchón que parecía relleno de piedras pequeñas. Lloró en silencio en el cuarto oscuro y caliente. Sentía que se encontraba en el infierno, no en ese de enormes llamas rojas que aparece en la Biblia, sino en un infierno monótono e incoloro. "Estoy en una cárcel", pensó. "¿Qué hago en este lugar?"

46

A las cinco de la mañana sonó un timbre. Aún no amanecía cuando sacaron a las niñas del dormitorio y les ordenaron dar diez vueltas alrededor de un campo enorme. Una vez que el sol se asomó por las colinas, las dividieron en grupos y les pidieron que quitaran la maleza del jardín que rodeaba los edificios.

—¿Cómo te llamas? —preguntó una chica un poco menor que Ana sin sonreír.

—Ana.

—Yo soy Pilar.

Mientras trabajaban, hablaron un poco de su vida. Pilar venía de un pueblo pequeño en las montañas y llevaba unos seis meses en el centro, donde llegó poco antes de cumplir trece años.

—Ya te acostumbrarás —le dijo Pilar.

A las siete de la mañana sonó otro timbre y sirvieron el desayuno en la enorme cafetería. Ana tenía hambre, pero comió muy poco de su primer desayuno: restos de pan tan duro y rancio que podría lastimar a alguien si se lo lanzaba.

Después del desayuno, Ana y Pilar se sentaron juntas en el jardín a observar a las otras chicas que jugaban al fútbol. Justo al mediodía sonó otra alarma para llamarlas a comer: una horrenda combinación de pescuezos de pollo hervidos y un mazacote de arroz amarillo. Ana pensó que parecía alimento para animales, de manera que se negó a comer.

Por la tarde, dos mujeres de una iglesia cercana acudieron a rezar con las chicas y a darles clase de Biblia. Ana escuchaba con educación pero estaba muy callada.

La cena parecía preparada con las sobras del almuerzo. Más tarde, las niñas que se habían portado bien durante el día tenían el privilegio de ver media hora de televisión en un cuarto común antes de regresar al dormitorio.

Ana no quería sentarse con las demás chicas; volvió temprano al dormitorio y sacó la caja que contenía sus cosas. Hurgó hasta el fondo y encontró la foto de su mamá, así como fotos más recientes de papá, Isabel y Yolanda. Mientras las observaba, pensaba: "Yo no tengo por qué estar aquí".

De pronto escuchó que alguien se acercaba; guardó

las fotos debajo de su cama y fingió dormir. No deseaba compartirlas con nadie; quería mantener en privado esa parte de sí misma.

47

Por la mañana, Ana y Pilar volvieron a hacer equipo, esta vez para desyerbar el jardín detrás del ala de los niños. Ana se colocó un par de guantes y comenzó a arrancar la maleza de la tierra seca. Escarbaba la tierra para sacar la hierba desde la raíz, mientras que Pilar cortaba los tallos a nivel de suelo.

—¿Y por qué estás aquí? —le preguntó Ana a Pilar.

Ana no quería presionarla mucho para obtener información, pero consideró que mientras más pronto conociera las diferentes personalidades de las chicas del centro, más fácil le sería sobrevivir.

—Me pescaron.

Ana esperaba más.

—Trabajando —agregó Pilar. Ana comprendió. Sabía que cada una de las chicas del centro vivía con sus propios secretos. Algunas eran drogadictas, a otras las habían echado de su casa sus padres o guardianes; otras, como Pilar, consideraban que la única manera de sobrevivir era vendiendo sexo en las calles. Y otras más, como Ana, llegaban al centro porque no tenían ningún otro lugar adonde ir.

—¿Te obligaron a volverte prostituta? —preguntó Ana incrédula.

—Amiga, no seas estúpida. Lo tenía que hacer. Esos hombres, esos animales me pagaban y era la única manera de comer.

—No quise decir eso —replicó Ana—. Sólo que... eres tan joven.

—Tenía doce años —susurró Pilar—. Mi mamá me echó de la casa y un hombre me recogió; me dijo que me iba a ayudar, pero eran mentiras.

El tono de Pilar era inexpresivo; hablaba como si su vergüenza y tristeza la hubieran endurecido hasta convertirla en una caparazón que desviaba cualquier emoción:

—Necesitaba dinero —dijo.

Ana trató de no hacer juicios. Pensó en decirle a Pilar que ella también sabía lo que era ser aplastada por la sudorosa mano de un hombre mayor, pero aún no estaba preparada para decir la verdad. Comprendió que en la vida de Pilar había tanta vergüenza como en la suya, por eso, decidió cambiar el tema.

Con el tiempo, Ana se enteró de que otras chicas del centro también se habían prostituido. Le costaba trabajo creer que alguien pudiera obligar a una niña a venderse por cinco o diez dólares. Pero luego pensó en sus propios secretos y en lo fácil que le era encerrar esas partes de su vida, separarlas de tal manera que pudiera negar que le pertenecían.

48

Ana temía contarles a las chicas demasiado sobre su vida. Rara vez hablaba con alguien que no fuera Pilar.

Un mes después de llegar al centro de readaptación, una señora de cara dulce se le acercó después del almuerzo y le hizo señas de que la siguiera a su oficina.

Al encontrarse con ella frente a frente, Ana supo quién era. Ya la esperaba, aunque no tan pronto.

—Soy María, tu psicóloga.

Ana se sentía enojada. Sabía que todas las chicas del centro debían entrevistarse dos veces por semana con su psicóloga, pero ella albergaba esperanzas de que nunca le llegara este momento. No quería contarle a una extraña su vida, lo que llevaba dentro de sí.

—Ana, estoy aquí para ser tu amiga, para ayudarte —le dijo María después de un par de minutos de silencio—. Sé que has vivido muchas penas y sufrimientos en tu vida. Quiero ayudarte a expresar...

—¿Cómo sabe lo que he vivido? ¡Ni siquiera me conoce! —respondió Ana abruptamente.

—Quiero conocerte. No hay prisa —continuó María.

Ana la ignoró y permanecieron en silencio los veinte minutos restantes de la sesión.

49

Las custodias y María sabían que Ana tenía el virus del SIDA, pero no se lo había dicho a nadie más por temor a que la golpearan o molestaran.

Todos los días después del desayuno, y todas las noches después de la cena, una de las custodias o María la escoltaban a la oficina y le entregaban sus píldoras blancas. Si le preguntaban adónde iba, Ana les contestaba que por su postre. Sabía que no le creían, pero no le importaba lo que pensaran, siempre y cuando no supieran la verdad.

Poco a poco, Ana comenzó a confiar en María; le agradecía que no les comentara a las demás chicas que se había contagiado del VIH. Se acostumbró a ver a María los miércoles y viernes por la mañana, y poco a poco la tensión entre ellas comenzó a desaparecer. Al principio hablaban de cosas agradables: la escuela, sus amigas e Isabel.

Pero conforme fueron pasando las semanas, Ana le contó a María *todos* sus secretos: los malos tratos de su abuela y su tía, y los abusos de Ernesto. La cara le ardía de vergüenza cuando le contó los detalles de la noche en que Ernesto la violó. María le dijo que no tenía de qué avergonzarse, que no era su culpa.

Con la ayuda de María, Ana iba cambiando poco a poco. Comenzó a aprender a expresar su dolor y a perdonar. Salía de las sesiones más ligera, más contenta.

50

Conforme Ana iba saliendo de su caparazón, comenzó a juntarse con las demás y al igual que todas las chicas, a tratar de ver a los chicos durante las comidas. Ana pensaba mucho en los chicos, pero no le preocupaba contagiarlos del VIH porque no tenía relaciones íntimas. El único momento en que chicos y chicas compartían el mismo espacio era durante las comidas, siempre bajo los vigilantes ojos de los custodios. A la hora de formarse para el almuerzo, las chicas comenzaban a caminar de un lado a otro de la fila, tratando de llamar la atención del chico que les gustaba.

Ana se divertía escribiéndole notas a su novio José. Había hablado con él un par de veces brevemente cuando los custodios no los observaban. No quería que la sorprendieran y la castigaran sin ver la media hora de televisión o, peor aún, que la encerraran en la celda de castigo. Pasarle notas a José le permitía no sentirse aburrida ni sofocada. Además, José era alto y guapo.

Ana dejó una notita en su mesa al pasar a formarse en la fila de la cafetería. Sintió una ola de emoción cuando él levantó la vista y le sonrió.

51

En marzo, al inicio del año académico, Ana se emocionó al enterarse de que podría volver a la escuela. La transferirían a una escuela cercana al centro, donde cursaría octavo grado. Debido a que había demasiados alumnos, la escuela contaba con turnos matutinos y vespertinos; Ana cursaría el turno vespertino, y diariamente pasaría un autobús por ella al mediodía.

Ana hubiera querido regresar a la escuela con Yolanda y el señor García, pero no tenía otra opción que comenzar en esta. Los echaba de menos. Al principio, Yolanda y su mamá le escribían muchas cartas, pero ya no tantas. Le enojaba que, debido a las estrictas reglas del centro, no pudiera visitarla gente que no fuera de su familia. El señor García también le había enviado varias cartas y paquetes con dulces y galletas. En una carta le decía que era lista y vivaz; que tenía confianza en su capacidad e inteligencia. Ana quería estudiar mucho y obtener una beca para ir a la universidad. Sin duda, le daría mucho gusto al señor García y ella quería a toda costa que alguien se sintiera orgulloso de ella.

52

En el centro, nada cambiaba salvo las estaciones del año.
La rutina diaria creaba un ritmo que ayudaba a pasar el
tiempo y así las semanas se volvían meses. Isabel la visitó
una o dos veces, pero no le era fácil conseguir los setenta
y cinco centavos que costaba el pasaje del autobús ni
aprenderse todos los cambios y horarios para ir de un
lado a otro de la ciudad. Ana se sentía abandonada y
sola.

Por lo general, Ana fingía un exterior rudo y se consideraba independiente. Se acercaban sus quince años y
ella quería celebrarlos con su familia. Los quince años
representan una fecha muy importante en la vida de
una chica, ya que significan que la quinceañera se ha
convertido en mujer. Ana consideraba esta fecha como
uno de los días más importantes de su vida, un día prin-
cipalmente familiar y de gran tradición.

Varias veces al año, las señoras de la iglesia organizaban fiestas para las chicas que cumplían quince años. Eran tan pocas las cosas agradables del centro que Ana le había dado a ese día un significado especial. Contaba los días marcando con una *x* el calendario que tenía junto a su cama.

El día de su cumpleaños, por la mañana, Ana saltó de la cama en cuanto sonó el timbre de las cinco de la mañana, feliz de que la fecha hubiera llegado. En vez de trabajar en el jardín, se duchó y se vistió con su ropa de calle. Dos de las mujeres de la iglesia pasaron por ella y la llevaron al salón de belleza. Ana nunca había pisado un lugar así y se maravillaba con las coloridas botellas de champú y la cantidad de peines, pinzas y cintas para el pelo. Ese día, los colores le parecían más vibrantes, desde el verde claro y jade de las palmeras, hasta el rojo y azul brillantes de los columpios que vio en el parque.

Ana se miró en el espejo y, feliz, se lanzó un beso. Luego se acercó para estudiar su cara. Miró fijamente sus ojos café oscuro y, durante un momento, se olvidó de todo. Vio más allá de lo que el resto del mundo veía y de pronto se percibió tal como en realidad era: una chica sola y vulnerable, y se sintió asustada. Miró en otra dirección, parpadeó y se lanzó otro beso.

Una de las empleadas le lavó su hermoso pelo negro.

Luego un estilista le peinó los rizos hasta formar suaves ondas.

Cuando terminaron de peinarla, una maquillista le depiló las gruesas cejas, dejándole dos suaves arcos. Después le aplicó una suave capa de base sobre la piel, sombra coral en los párpados y un suave color rosado en las mejillas. Con un pequeño cepillo, le aplicó una delgada capa de rímel y terminó pintándole los labios de un color rosa atardecer.

Ana se miró en el espejo y se encontró con una chica hermosa. Por primera vez desde que había ingresado en el centro se sentía atractiva y llena de vida.

De regreso al centro, por la tarde, María la detuvo y le dijo: "¡Qué linda!". La llevó a la oficina, donde había un clóset en el cuarto de atrás. María sacó un espléndido vestido blanco adornado con flores color melón y perlas pequeñas. Extendiéndoselo a Ana, le dijo: "Creo que te verás preciosa con él".

Ana se puso el vestido y María le colocó una tiara de perlas en el pelo. Se sentía como dos años atrás, cuando celebró su primera comunión. En ese momento, Ana sintió nostalgia. Más que nada, hubiera querido que Isabel —y quizás hasta su abuela— celebraran este día con ella.

53

Ana entró en la cafetería donde todos esperaban para la fiesta. Habían transformado el lugar. Las paredes, de un color azul profundo, le recordaban el color del mar Caribe. Globos color coral colgaban sobre el escenario en el frente, en tanto que espirales blancas de papel crepé flotaban del techo cual medusas. Varias hileras de sillas estaban acomodadas frente al escenario donde se celebraría la ceremonia.

Ana caminó por el pasillo escoltada por uno de los chicos. Algunas de sus amigas iban detrás de ella, como su cortejo. Miró a José y se percató de que la miraba fijamente, como embrujado.

Ana permaneció de pie en el escenario mientras un sacerdote decía una misa dedicada especialmente a su transición de niña a mujer. Le explicó que llevaba una tiara porque era una princesa en los ojos de Dios.

Después de la ceremonia, Ana bailó un vals tradicio-

nal con su acompañante; la música provenía de una gra-
badora portátil colocada en el escenario. La fiesta terminó cuando las amigas de Ana la rodearon y le
cantaron "Feliz cumpleaños", antes de que ella partiera
su rosado pastel de cumpleaños.

54

La semana siguiente a los quince años de Ana, José se fue del centro. Una noche intercambió coquetas sonrisas con Ana a la hora de la cena desde el otro lado de la cafetería, y al día siguiente desapareció, sin advertencia y sin despedirse.

—¿Dónde está José? —preguntó Ana a uno de los chicos cuando fue a tirar las sobras en el basurero.

—Ya se fue —le respondió—. Creo que se marchó a su casa.

Fue todo.

Durante el año que permaneció en el centro, Ana vio ir y venir a mucha gente. Algunas de las chicas más rebeldes que no podían soportar las estrictas reglas se escapaban; a otras las transferían a algún otro sitio; otras más eran afortunadas y tenían una familia que por fin se las llevaba a casa.

En realidad, a Ana no le afectó mucho que José se

fuera. Le encantaba escuchar sus palabras, acarameladas como azúcar: "Mi amor, eres la chica más linda del centro, como un ángel moreno", pero en realidad, no lo conocía.

Y ahora que José se había marchado, lo que más extrañaba era la distracción que le representaba.

55

Unas semanas después, un grupo de la iglesia llegó a impartir una entrenamiento de voleibol a los adolescentes en el patio central. A Ana le encantaba competir en voleibol; le gustaba el cambio de ritmo y la oportunidad de mezclarse con los chicos.

Ana practicó su servicio durante unos minutos y luego hizo los primeros intentos por colocar la pelota. Todo el tiempo, su atención estaba dividida entre el juego y los chicos.

—¡Buen tiro, Ricardo! —afirmaba sonriendo.

—También el tuyo —le respondía.

Ana captaba la atención de quienes la rodeaban enfocándose en una persona a la vez. No quitaba la vista cuando alguien se daba cuenta de que lo miraba; no tenía temor de dejarle saber a la persona que la estaba mirando.

Ana también se hacía amiga de los más solitarios.

Frecuentemente, era ella la que los animaba a participar en los partidos. A veces, abandonaba un partido para hacerle compañía a alguien.

Ana descubrió a un chico nuevo sentado solo bajo un árbol. Tenía la piel bronceada y la camiseta de fútbol que llevaba puesta minimizaba su cuerpo delgado y un poco encorvado.

Cuando Ana se cansó de jugar voleibol, caminó hasta el árbol y se sentó junto a él.

—Eres nuevo —le dijo.

—Sí, respondió el chico, sonriendo sin mirarla.

—Soy Ana.

—Yo soy Berto —le respondió levantando la vista. Tenía los ojos color chocolate, muy parecidos a los de ella.

Ana sintió una simpatía inmediata por Berto. Le gustaba más su actitud amable y tranquila que los alardes de los otros chicos, presuntuosos y fanfarrones. Quizá él pudiera ser un verdadero amigo.

—¿Y qué haces aquí? —preguntó Ana, tratando de que Berto se sintiera cómodo.

El se encogió de hombros.

La timidez de Berto le infundió valor a Ana.

—Yo estoy aquí porque nadie me quiere —dijo ella en tono dramático, un poco sorprendida de su honestidad.

—Entonces tenemos algo en común —respondió Berto calmadamente.

Los dos permanecieron bajo el árbol, mirando el juego más que uno al otro, hablando tranquilamente del pasado. Ana también se sentía cómoda cuando la conversación se detenía; ambos sabían disfrutar un momento de silencio. Ana se enteró de que los dos eran huérfanos y que nadie de su familia los quería.

—¿De qué murieron tus padres? —preguntó Ana.

—Estaban enfermos —respondió Berto.

—Los míos también.

56

Ana se sentía más cerca de Berto que de ninguna otra persona que había conocido, con excepción de Isabel, a quien no veía desde meses atrás. Aun cuando no le había contado a Berto sus secretos, por alguna razón sentía que él entendería si lo hiciera.

Ana le pasaba notitas durante la cena. Al principio, escribía sobre cosas sin importancia, como la comida de la cafetería y los apodos que le había puesto a las custodias, pero con el tiempo comenzaron a preguntarse cosas más serias.

Una vez Berto le escribió: ¿Adónde vas en las noches después de la cena?

Ana, no sabiendo si era imprudente o valiente, replicó: "Es un secreto. Tengo el virus del SIDA y en las noches voy a tomar mi medicina". Antes de que pudiera cambiar de opinión, Ana le deslizó la notita a Berto, salió de la cafetería y regresó a su cama en el dormitorio de las chicas.

Ana se preocupó de que su amistad con Berto terminara o, peor aún, que él le contara a los demás. Tenía que esperar hasta el día siguiente, a la hora del desayuno, para saber qué haría.

57

El corazón de Ana latía con fuerza cuando entró a desayunar a la cafetería. Miró hacia todos lados, tratando de no ser obvia, esperando encontrar a Berto y obtener una sonrisa o alguna señal de reconocimiento que le demostrara que la aceptaba tal como era.

Sólo lo vio de espaldas.

Ana se formó en la fila de la cafetería; tendría que cruzar todo el salón para llegar a las mesas de las chicas. Con la cabeza en alto, caminó rápidamente junto a la mesa de Berto. En el último segundo, miró en dirección de él y se dio cuenta de que la miraba con una sonrisa. Esta vez él sostuvo su mirada, como si le prometiera que no la delataría.

Ahora fue Berto quien le pasó una nota a Ana.

Regresó al dormitorio y sacó el pedazo de papel que Berto había doblado en cuatro.

El había escrito: "Yo también lo tengo".

58

Ana sintió que la tensión que había cargado las veinti-
cuatros horas previas se desvanecía. La había aceptado y
ella se sentía feliz de aceptarlo también. Sentía un vínculo con Berto que nunca había sentido con ningún otro
chico, un vínculo basado en la confianza y la amistad.

Esa noche, en su cama, Ana se preguntaba si las cosas
sucederían por alguna razón. Tal vez había venido a
este lugar para que llegara este momento; tal vez Dios
le envió a Berto, un verdadero amigo, como prueba de
que ya había estado sola por demasiado tiempo.

59

Dos días después, Berto desapareció.

Al igual que José, lo vio a la hora del desayuno y para el almuerzo, ya había desaparecido. Ana lo buscó durante el almuerzo sin encontrarlo. Se preguntó si no se sentiría bien y habría permanecido en su dormitorio. No se preocupó, ya que no tenía razón para pensar que se hubiera marchado.

Durante el almuerzo charló con sus amigas. Justo antes de que se levantara a limpiar su plato, uno de los compañeros de dormitorio de Berto le pasó una nota. Ana la metió en su bolsa y se dirigió al baño para leerla en privado.

> *Ana:*
> *Me voy de aquí. Me van a transferir a un*
> *hogar para gente como nosotros.*
> *Trataré de que te lleven. No te olvidaré*
> *nunca.*

Ana se sentía desconcertada. ¿En verdad era posible que Berto se hubiera ido? No entendía por qué se había marchado, ni adónde. Apenas comenzaba su relación y tenía tanto que contarle.

Ana fue a la oficina y encontró a una de las custodias acomodando papeles.

—¿Adónde se fue Berto?

—¿Quién?

—Berto, el chico que llegó hace dos semanas.

—Ah, él —dijo el custodia—. Sí, se marchó... no te preocupes adónde.

Y así, sin más ni más, Berto desapareció de su vida.

60

Ana quería olvidarse de Berto pero no podía. Quería arrepentirse de haberle contado su secreto, sin lograrlo. Trataba de convencerse de que conocerlo no había sido importante, pero su corazón no lo podía olvidar.

Desde que Berto se fue, los días le parecían interminables. Temía que nunca escaparía la monotonía de su vida, confinada en esta caja de concreto en la que vivía. Cuando se enojaba, dedicaba las sesiones con María a desahogar su frustración y su dolor. Se dio cuenta de que sus emociones ya no tenían el poder de controlarla. Esto la hizo sentirse más fuerte y más libre.

61

Unas semanas más tarde, una mujer llegó a la oficina.
Ana se encontraba sentada sobre su cama, cansada y
harta. Le pareció escuchar que la custodia mencionaba
su nombre desde el otro lado del corredor.

Escuchó pasos y la custodia dijo:

—Ana, recoge tus cosas. Te van a transferir.

Pensó en José y en Berto; esta vez, le tocaba a ella
desaparecer.

Ana no tenía idea de dónde la llevarían. ¿Regresaría a
casa con Isabel, quien ahora vivía con su padrino?
¿Viviría con su tía predilecta, Aída?

Ana jaló la caja que guardaba debajo de su cama. Los
jeans que llevaba puestos cuando llegó ya no le quedaban pues, aun cuando sólo había transcurrido un año,
había adelgazado por comer tan poco. Tendría que usar
el uniforme. No le importaba despedirse de las otras
chicas; Pilar, su mejor amiga, se había marchado mucho

antes. En realidad, de todas las chicas de su dormitorio, Ana era la que llevaba más tiempo viviendo en el centro. Pero sí le hubiera gustado despedirse de María, que tenía ese día libre; por lo tanto, Ana le escribió una nota rápida.

—Estoy lista— le dijo Ana a la mujer que se encontraba de pie junto a la custodia, esperándola para llevarla a su nuevo hogar, cualquiera que este fuera.

62

Ana no dijo nada mientras colocaba la caja en la valija del auto y abría la puerta.

—Soy Silvia —le dijo la mujer que se sentó en el asiento del conductor—. Trabajo en Rosa Mística, tu nuevo hogar.

Ana se sintió decepcionada, no viviría con Isabel.

—Ya tienes edad para vivir en nuestras instalaciones, que es uno de los pocos hogares donde residen personas contagiadas con el virus del SIDA —explicó Silvia.

Ana se reanimó. ¿Cómo era posible que esta persona extraña conociera su secreto?

—No te preocupes, Ana —le dijo Silvia con cariño— todos en el hogar tienen VIH o SIDA.

Cuando llegaron al hogar, Silvia condujo a Ana por dos enormes puertas metálicas hacia un jardín cubierto, lleno de plantas tropicales en flor. Una bugambilia color fucsia trepaba por una espaldera adosada al muro, y aves

143

del paraíso de brillante color naranja crecían en el perímetro del jardín. Sobre los muros de yeso colgaban pinturas de santos que protegían a quienes vivían dentro de esas puertas.

Ana miró a su alrededor y vio a diez o doce hombres y mujeres sentados en grupos pequeños, charlando, cosiendo y jugando cartas. Un anciano delgado de encrespado pelo gris estaba sentado en una mecedora, escuchando un juego de fútbol en una radio portátil. Dos mujeres de mediana edad tejían lado a lado.

En el extremo más alejado, un hombre joven y un adolescente jugaban damas chinas; reían en voz baja cuando uno de ellos tenía la ventaja. El chico que le daba la espalda vestía una camiseta blanca demasiado grande para su pequeño cuerpo y llevaba el pelo sumamente corto, como césped recién cortado. El de mayor edad movió la cabeza en dirección de Ana y el joven volteó a verla.

Ana se detuvo boquiabierta. Desde el otro lado del jardín, Berto la miraba con una sonrisa.

—¡Berto! —gritó Ana—. ¿Qué haces aquí?

—Te dije que te llevaría a un lugar mejor —le dijo, mirándola tímidamente.

—Berto nos dio tu nombre —comentó Silvia—. Revisamos tu expediente en el centro y decidimos que

aquí te sentirías más cómoda.

Ana no podía hablar. De manera que esto era lo que él le había querido decir en su nota. No entendió porque nunca había escuchado que hubiera un hogar para personas con VIH/SIDA. Según su experiencia, la gente contagiada no tenía cabida en ninguna parte. Pero aquí era bien recibida.

63

Durante su primera comida en familia en el hogar, Ana se sentó en una larga mesa de madera con los demás residentes. Silvia y Pablo, los administradores, no tenían VIH/SIDA, pero vivían allí y manejaban el lugar. Antes de comer, todos juntaron las manos y rezaron.

—Amén —dijeron todos al final de la oración.

Ana no dejaba de sorprenderse con la calidad y frescura de la comida. Comió un guisado de pollo con arroz, verduras frescas y sopa de tomate. Le llamaron la atención, sobre todo, los brillantes colores sobre la mesa: verde, amarillo, naranja, rojo, tan diferentes del mustio beige al que estaba acostumbrada en el centro.

—¿La comida siempre es así? —le preguntó a Berto, quien se había sentado junto a ella.

—Es mejor los domingos para el desayuno —respondió él después de tragar el bocado. Berto nunca levantó los ojos del plato. Ana recordaba su timidez, que tan reconfortante le había parecido la primera vez que se sentó junto a él bajo el árbol del centro.

De cualquier manera, Berto apenas tenía oportunidad de hablar. Todos en la mesa le hacían preguntas y le contaban la historia de su vida; de dónde venían, cuánto tiempo habían vivido en el hogar; algunos incluso le comentaron cómo se habían contagiado del virus del SIDA. Nadie susurraba estas palabras con vergüenza, sino las afirmaba como un hecho.

—Soy María y he vivido con SIDA durante quince años —dijo una de las mujeres de mediana edad que Ana había visto tejiendo momentos antes—. Me contagió mi marido, que se inyectaba drogas.

Ana nunca imaginó que alguien pudiera hablar con tanta franqueza sobre el SIDA. En esta mesa había un grupo de personas que trataban de vivir con el VIH/SIDA lo mejor que podían, sin vergüenza, culpa, ni temor. No necesitaba esconder sus píldoras ni escabullirse para tomarlas en privado. Al final del almuerzo, una mujer dijo: —Bueno, es hora de tomar nuestra medicina.

—Yo la llamo mi postre —comentó Ana, y todos se rieron. Todos en la mesa tomaron las píldoras que tenían junto al plato.

64

Después de cenar, Silvia le mostró a Ana su habitación.
Todos los residentes dormían en habitaciones con puertas que abrían a un jardín común. Ana dormía en una habitación grande con otras cuatro mujeres. Algunos residentes, incluyendo a Berto, tenían habitaciones individuales. El ala de las mujeres se encontraba a un lado del jardín, la de hombres del otro.

A Ana le gustó el suave color lavanda de las paredes del dormitorio. Silvia le dio sábanas limpias a Ana para hacer su cama. Le asignaron una cama individual en una esquina de la habitación, cerca de la puerta.

Como Ana no tenía mucha ropa, Silvia la llevó a un gran clóset con ropa usada y donaciones de otros hogares. Le pidió que revisara las cajas y tomara cualquier cosa que le gustara y le quedara. Ana encontró unas camisetas rosadas, shorts de mezclilla, un par de sandalias doradas que se anudaban en las pantorrillas, una falda blanca y una blusa roja. Siempre le había encantado escoger qué ponerse, pero desde hacía casi dos años no usaba otra cosa que no fueran los shorts y las camisetas reglamentarias del centro.

Ana llevó la ropa a su habitación y la guardó en un cajón, *su* cajón. Desempacó la caja de cartón y sacó con cuidado la fotocopia de su mamá y las fotos de papá, Isabel y Yolanda.

Ana fijó las fotos en la pared con alfileres, junto a su cama. Puso la fotocopia de su madre en el centro y creó un *collage* de la gente que representaba su pasado. Podía ver las fotos desde su cama, tal como lo hacía cuando era pequeña y vivía en casa de su abuela.

65

Ana y Berto, ambos de quince años, eran por mucho los residentes más jóvenes del hogar. Nadie se sorprendió de que de inmediato se volvieran inseparables e hicieran todo juntos. Desayunaban juntos y luego compartían el trabajo matutino, que consistía en lavar los platos, trapear el piso de la cocina y recoger la ropa sucia.

Después del almuerzo, se sentaban juntos frente al televisor en la habitación de Berto, viendo telenovelas y compartiendo sus historias personales.

Berto le contó de su infancia, que había sido muy similar a la suya. Era huérfano, nunca conoció a su mamá ni a su papá. Vivía con su tía, quien lo golpeaba y ridiculizaba por haber nacido con esa enfermedad, diciéndole que era débil, enfermizo, asqueroso y sucio. Cuando Berto cumplió doce años, se escapó. Tenía la misma edad que Ana cuando se marchó de casa de su abuela.

En ese momento, la historia de Berto dio un giro abrupto. Dejó la escuela cuando cursaba sexto grado y vivió en la calle con un grupo de jóvenes; robaban supermercados y autos para irla pasando. A los quince años, fue detenido por la policía y enviado al centro de readaptación social. Cual dos arroyos, las historias de Ana y Berto se fundieron cuando se conocieron en el centro.

Berto narraba su historia como si fuera un observador, claramente pero sin mucha emoción. Ella comprendía que el verdadero sentimiento rebasaba las palabras y se ocultaba bajo los hechos, en el lugar donde se esconden los sentimientos. Ana sabía que Berto no trataba de hacerse el fuerte ni de impresionarla; sabía porque ella contaba su historia de la misma manera. Era más fácil no ser emotivo, no involucrarse, porque así no dolía tanto.

66

Un grupo de apoyo a personas contagiadas del VIH/SIDA organizaba continuamente reuniones e invitaba a todos los residentes del hogar. Ana asistió a su primera reunión un mes después de su llegada. Allí conoció a Sara, la directora del programa.

—El propósito de las reuniones es informarnos sobre las maneras de mantenernos sanos —dijo Sara, con voz suave y calmada—. Nos reunimos dos veces por semana para comentar la importancia de una buena nutrición, de tomar las medicinas y de apoyarnos mutuamente.

Ana ya había tenido la oportunidad de informarse sobre el VIH y el SIDA, pero nunca había escuchado con tanta atención. Ahora era diferente de aquellos tiempos de jovencita cuando, en su escuela, sólo escuchaba a la maestra parcialmente porque la invadían los nervios y el temor de que alguien descubriera su secreto. Pero ahora no tenía de qué preocuparse y se sentía muy cómoda escuchando y haciendo preguntas.

—Hay muchas maneras en que pueden ayudarse a mantenerse sanos —dijo Sara—, y necesitan aprender a prevenir el contagio de la infección.

Ana escuchaba cada palabra con gran atención. Antes de estas reuniones, nunca había comprendido cabalmente cómo el virus afectaba su sistema inmune. Tampoco entendía la importancia de comer alimentos sanos para mantener el cuerpo fuerte y controlar el virus. Ahora sabía lo importante que es usar condón no sólo para evitar el embarazo, sino para impedir el contagio del VIH/SIDA al hacer el amor.

Esa noche, Ana estaba sentada en el sofá mirando a Berto.

—¿En qué piensas, guapa? —le preguntó Berto como si nada. A Ana le encantaba que le dijera guapa.

—En la reunión —respondió Ana—. Me he pasado la vida evitando el tema del VIH/SIDA y ahora realmente quiero hablar de ello.

—Te entiendo —respondió Berto—. También me gustan las reuniones; es lo más parecido a la escuela que tengo.

Ana y Berto intentaron cambiar su atención al televisor, pero ambos estaban concentrados en sus propios pensamientos. Berto rompió el silencio: —Ana, ¿alguna vez has pensado en morirte?

—No —respondió Ana rápidamente—. No seas morboso. Además, todos nos vamos a morir. Prefiero pensar en vivir.

Ana se acercó a Berto y le dio un beso en la mejilla. Luego se fue a su habitación. Quería estar sola un rato.

Ana se sentó sobre la cama y dejó volar sus pensamientos. Consideró la pregunta que le había hecho Berto y decidió que prefería ignorar la muerte, como si se tratara de un insecto molesto que se hubiera metido en la habitación. Ya se había muerto mucha gente querida: su mamá, su papá, su hermana pequeña, amigos del hospital. En el último mes, dos personas del hogar se habían ido al hospital y no esperaba volver a verlos nunca más.

Ana era consciente de que vivía en la negación; sabía que podía morirse de VIH/SIDA, pero se veía sana y se sentía bien, y no quería desperdiciar su tiempo pensando en la enfermedad. Siempre se había preocupado por tomar su medicina, y rara vez se enfermaba de gripes o catarro.

Ana miró la imagen de su mamá y pensó en cuánto habían cambiado las medicinas y los tratamientos para el SIDA desde que ella había muerto, doce años atrás. Ahora Ana sabía que muchos de los medicamentos que prescribían para tratarlo no existían cuando su madre, su padre y su hermanita murieron. En una reunión, Sara le comentó que las medicinas para combatir el VIH/SIDA mejoraban continuamente, y que si bien no parecía que se encontrara una cura para el SIDA en el corto plazo, las medicinas disponibles le ayudarían a mantenerse sana mucho tiempo, siempre y cuando las tomara todos los días.

Después de pensarlo un rato, Ana decidió que no, no le temía a la muerte, aunque la respetaba. Y aun cuando la muerte la acechara, no tenía intenciones de darse por vencida. Quería luchar, y la mejor forma de hacerlo era *viviendo*. Comenzaba a comprender que tenía que vivir responsablemente.

67

Ana y Berto se sentaban en el sofá de la sala común todas las tardes a ver películas. Siempre se sentaban juntos, tanto que de vez en cuando sus rodillas chocaban, aunque lo bastante lejos como para que si alguien entraba, no sintiera que los estaba interrumpiendo. Ana disfrutaba la sensación de la piel cálida de Berto contra la suya.

Una noche que Berto y Ana se encontraban solos en la sala y ya estaban pasando los créditos de la película, Berto se inclinó y le susurró al oído: "me gustas".

Ana se estremeció. Estas palabras le provocaron una especie de torrente en todo el cuerpo y cambiaron todo para ella.

68

A la mañana siguiente, Ana le sonrió a Berto cuando se sentó a desayunar. Vestía el uniforme obligatorio de la escuela: blusa blanca de cuello y falda azul marina tableada. Se había peinado con una larga y sedosa trenza.

—Hoy es un gran día —le dijo Ana a Silvia mientras se servía unos plátanos calientes en el plato—. Empezaré noveno grado.

Ana había sido transferida a una nueva escuela; le faltaban sólo dos años para graduarse de secundaria.

—Odio el primer día de clases —dijo—. Siempre me pongo muy nerviosa.

Berto no podía ir a la escuela, aunque esperaba regresar una vez que se sintiera mejor. Había dejado la escuela a los doce años, cuando se escapó de su casa.

Ana terminó el desayuno y se despidió. Su mirada se detuvo un instante en Berto y le sonrió. Luego salió a toda prisa a la puerta del hogar, a esperar el autobús.

10:00 Educ. Física | C. Naturales | C. Sociale
10:09 / 10:40 Educ. Física | Religión | C. Social
10:40 / 11:20 Informática | Religión | Nivelaci

Como C

A su regreso, Berto la estaba esperando.

—Vamos a caminar —le sugirió, ansioso de salir un rato.

Caminaron por el barrio, hablando de las clases de Ana y de algunas de las chicas con las que había comido en la cafetería. Ana agradecía tener la oportunidad de hablar sobre su día con alguien que en verdad quisiera escucharla.

Unas cuadras más adelante, se sentaron en una banca del parque. Berto se acercó y acarició suavemente el largo pelo de Ana. Se inclinó hacia ella y se besaron con ternura. Ana ya había besado a otros chicos, pero nunca había sentido un contacto como este; sentía escalofríos por toda la espalda y sonreía feliz.

69

Durante los meses siguientes, Ana regresaba de la escuela y pasaba todas las tardes con Berto; caminaban por el barrio, miraban escaparates, veían películas en el hogar. En una ocasión, Silvia y Pablo llevaron a todos los residentes a la playa. Ana y Berto nadaron en las olas saladas y bailaron al ritmo de una canción de Shakira que estaban tocando en la radio, mientras el sol se ocultaba en el océano.

Ana consideraba que Berto era su novio, aunque trataban de no actuar como una pareja cuando regresaban al hogar. Y si bien no pensaban que su relación rompiera ninguna regla, no estaban seguros de ello y no querían que Silvia o Pablo comenzaran a observarlos todo el tiempo. Por lo tanto, mantuvieron su relación en secreto.

Ana se sentía muy vinculada a Berto; le tenía más confianza que a ninguna otra persona, con excepción de Isabel. No podía ni imaginar que ninguno de los dos fuera capaz de hacerle daño deliberadamente. Berto jamás le gritaba ni la insultaba; la tomaba de la mano cuando caminaban, y todos los días le repetía que la amaba y la necesitaba.

Algunas tardes, Ana se escabullía al cuarto de Berto a ver la televisión, en vez de verla en la sala común. Por lo general, veían comedias o telenovelas, pero una noche vieron el programa de *Ley y orden*. El episodio presentaba el caso de un psicópata de mediana edad que había violado a una chica. Los detectives estaban tratando de resolver el caso.

—¿Qué le ves a esta basura? —preguntó Ana muy incómoda, porque le recordó a Ernesto.

—Pero si está muy bueno —respondió Berto—. ¿Te da miedo, guapa? —le dijo en broma, haciéndole cosquillas bajo el brazo.

Ana no quería explicar que el programa le provocaba terror. Se acurrucó junto a Berto tratando de no mirar a la pantalla. Comenzó a contar las losas del suelo y pensó en el tema para un proyecto de religión que tendría que presentar, pero el programa seguía atrayendo su atención.

La tensión de Ana crecía conforme miraba la televisión, que tenía una mala resolución en blanco y negro. Había tratado de olvidar a Ernesto, pero el programa le removió recuerdos antiguos como si fuera un remolino. Recuerdos de aquella noche: los ojos de Ernesto, sus gruesas manos, su imposibilidad de gritar, todo pasaba por su memoria.

—¿Qué pasa? —preguntó Berto.

—Nada, nada —replicó Ana. Aún no le había contado a Berto ese secreto; todavía la perseguía la vergüenza.

—Algo anda mal —le dijo Berto con voz suave y cálida—. No hay problema, puedes confiar en mí.

Ana miró a Berto y se sintió segura y amada; quería tenerle una confianza absoluta. Le contó sobre la horrible noche, años atrás, en que Ernesto entró en su cuarto. En un principio, las palabras le salían mecánicamente, como si no sintiera todo su significado. Pero en la medida en que siguió contando la historia, se desplomó y comenzó a llorar.

—Ana, está bien —le dijo Berto, envolviéndola en sus brazos—. Aquí estoy para ayudarte.

Ana sacudió la cabeza negativamente.

Ana aspiró profundamente antes de decir: —Fue mi culpa.

—No, guapa, por supuesto que no —insistió Berto—. Tú no hiciste nada. ¿Por qué te sientes mal por algo que te hizo ese animal?

Ana se irguió, lo miró a los ojos y dijo entre jadeos:

—No protegí a mi hermana, no protegí a Isabel.

Aun cuando Berto no lograba calmarla, la abrazaba y con eso bastaba.

70

Ana nunca había esperado encontrarse en un hogar con una familia postiza de personas que vivían con el VIH/SIDA. Tampoco esperaba conocer a alguien en quien pudiera confiar completamente. Sobre todo, no esperaba enamorarse de Berto.

Después de esa noche en que Ana le contó a Berto todos sus secretos, ya no hubo nada que los separara. Sabía todo sobre ella y aun así la amaba. Ana bajó la guardia con Berto, fortaleciendo su amor de una manera que nunca había imaginado.

Al siguiente domingo, Ana y Berto desayunaron juntos y asistieron juntos a la misa que se celebraba en el jardín del hogar. Ana no podía imaginar otro sitio donde preferiría estar más que en el santuario de ese jardín, de pie, cantando alegres salmos junto a Berto. Le había abierto su corazón totalmente y ya no se sentía abatida por sus secretos.

Después de misa, Silvia y Pablo llevaron a la mayoría de los residentes al supermercado y a hacer otras diligencias. Ana y Berto decidieron no ir.

El hogar estaba tranquilo. El aire olía a césped recién cortado. La dorada resolana de la tarde se filtraba desde el pasillo hasta el cuarto de Berto. Ana y Berto estaban sentados juntos sobre el sofá, viendo televisión y escuchando la respiración del otro.

Comenzaron a besarse. Berto pasó los dedos a través del largo y rizado pelo de Ana. Ella lo miró a los ojos y descubrió placer y deseo.

—Berto, ¿estás seguro que deberíamos hacer esto? —preguntó Ana entre besos, sintiendo que estaban a punto de llevar las cosas un paso adelante. Ella no sentía miedo, sólo amor.

—Te quiero, guapa —le dijo dulcemente. Ana se sintió rendida de amor, pero quería protegerse.

—¿Tienes condones? —preguntó Ana, mientras todo sucedía con demasiada prisa—. Deberíamos de usar condón —dijo, como tratando de convencerse a sí misma y a Berto.

—Compraré unos mañana —dijo él.

Ya era demasiado tarde.

71

Ana pasaba los días en la escuela y las tardes con Berto. En la noche, cuando la casa estaba a oscuras y todos dormían, Ana se escabullía por el jardín hasta el cuarto de Berto y hacían el amor. Usaron condones todas las noches, excepto la primera.

72

Casi todas las mañanas, Ana se levantaba a las cinco y media para vestirse y desayunar antes de que llegara el autobús a buscarla. Por lo general, se detenía un par de minutos a ver la foto de su mamá sobre la pared, contándole en silencio lo que estaba pasando en su vida. Ana le contó lo que sentía por Berto y que él le había escrito un poema de amor. Imaginaba que su mamá se alegraría por ella.

Una mañana Ana sintió náuseas, como si se acabara de bajar de un juego en el parque de diversiones como aquellos a los que iba con su papá. Saltó de la cama y vomitó.

Durante las semanas siguientes, Ana tuvo ascos y náuseas casi todas las mañanas, y durante el día se sentía cansada y con un poco de fiebre y temblores.

En un principio, Ana temió que fuera un embarazo, pero había tenido su periodo un par de semanas antes, aunque en mucha menor cantidad que habitualmente, de manera que descartó esa posibilidad.

—Creo que estoy enferma del estómago —le dijo a Silvia una mañana durante el desayuno—. No estoy segura de lo que es, pero todas las mañanas me despierto con náuseas.

—Debes ver a un doctor —contestó Silvia tranquilamente—. Te llevaré después de la escuela.

Silvia pasaba mucho tiempo con los residentes que vivían con el VIH/SIDA, de manera que no se inquietó por lo que suponía era algún virus estomacal. Después de todo, Ana se sentía mejor hacia media mañana y el malestar no le había impedido ir a la escuela.

Después de clases, Silvia llevó a Ana al hospital. Ana no se sentía nerviosa de ir al hospital; pasaba mucho tiempo allí cuando recogía sus medicamentos y visitaba a sus amigos del hogar.

Silvia esperó en la sala de recepción mientras Ana entraba a ver al doctor.

—Hola, Ana, soy tu doctora —le dijo una mujer joven cuando entró—. Primero dime, ¿cuántos años tienes?

—Dieciséis —replicó Ana mientras la doctora tomaba notas, apoyada sobre una tabla café.

—¿Y cuál es tu problema?

Ana le contó que tenía náusea y vómitos.

—¿Cuando fue tu último periodo? —preguntó la doctora.

—No estoy muy segura, pero hace unas dos semanas.

—Muy bien, entonces te haré un ultrasonido para ver cuál es el problema —le informó la doctora.

Ana se recostó sobre la camilla y apoyó la cabeza en una pequeña almohada. El cuarto estaba frío y había corrientes de aire. La doctora le aplicó un poco de jalea fría sobre el estómago y comenzó con el ultrasonido. Cuando apagó la máquina, le dio la mano a Ana para que se sentara.

—Ana, no estás enferma —le dijo la doctora.

—Gracias a Dios —comentó Ana, respirando profundamente. Había estado pensando en su papá y su enfermedad, en los meses que se pasó consumiéndose.

—Tienes cuatro meses de embarazo —agregó la doctora.

—¡No! —dijo Ana—. Si acabo de tener mi periodo.

Estaba segura de que había un error.

—A veces las mujeres sangran en los primeros meses del embarazo, durante los días en que normalmente deberían tener su periodo —explicó la doctora—. Seguramente eso fue lo que sucedió, porque *estás* embarazada.

Ana sintió pánico. El cuarto comenzó a girar y pensó que se iba a desmayar. Su mente comenzó a acelerarse: ¿Cómo terminaría la escuela? ¿Qué pensaría Berto? ¿Cómo iba a cuidar a su bebé?

De pronto se quedó paralizada: ¿Y si su bebé naciera con el VIH?

Trató de preguntarle a la doctora: —¿Usted cree que mi bebé... que mi bebé tenga...?

No pudo continuar. Se sentía sofocada y no podía respirar.

—Ana, tranquilízate —le dijo la doctora—. Vas a estar bien, y seguramente tu bebé también. Si tomas tus medicinas y sigues otras precauciones durante el embarazo, hay muchas posibilidades de que tu bebé nazca perfectamente sano.

—No puedo creerlo —Ana repetía una y otra vez, como un disco rayado.

73

La doctora salió del consultorio y Ana se vistió y se lavó la cara. Se miró en el espejo colocado sobre el lavamanos y pensó, "vas a ser mamá".

Sintió que alguien más la miraba. Sólo tenía dieciséis años, era demasiado joven para tener un bebé. No obstante, en cuanto la doctora le dijo que estaba embarazada, comenzó a sentir la vida dentro de ella. Volvió a mirar a la persona en el espejo y durante un segundo pensó que era su madre quien la observaba. Ella también tenía dieciséis años cuando Ana nació.

—Mamá —le dijo a su reflejo—, ¿qué voy a hacer?

Ana sacudió la cabeza, como si tratara de despertarse de un sueño. Abrió la puerta y regresó a la sala de espera.

—Estoy muy bien —le dijo a Silvia, quien la había esperado durante casi dos horas—. Vámonos a casa.

Silvia no la presionó para que le diera detalles.

—Me alegro que te sientas mejor —le contestó, dándole a Ana la misma privacidad que le brindaba a todas las personas que vivían en el hogar.

Ana no habló durante el trayecto de regreso. Cuando llegaron, Ana le dio las gracias a Silvia por haberla llevado y le dijo que tenía que hacer su tarea. Regresó a su cuarto, se acurrucó bajo el calor de sus sábanas y se quedó dormida.

74

Esa noche, después de la cena, Ana fue al cuarto de Berto, tocó la puerta y entró.

Ana se sentía nerviosa, como si todo se moviera en cámara lenta.

—¡Hola! —le dijo Berto, claramente feliz de verla.

Sin ninguna razón —y por todas las razones— Ana comenzó a reír. No podía parar. Mientras más trataba de controlarse, más absurda se sentía y más se reía.

—¿De qué te ríes? ¿Qué te sucedió? —preguntó Berto.

Se rió más fuerte y las lágrimas comenzaron a resbalar por su cara.

—Berto, vas a ser papá —dijo Ana de pronto. Tomó aire y dijo nuevamente—: Vas a ser papá.

—¿En verdad, Ana? —dijo Berto, poniéndose serio—. ¿Me estás diciendo la verdad?

Ana asintió, calmándose rápidamente en cuanto

sintió la importancia de lo que estaba diciendo. Dejó de reír.

—Berto, ¿qué vamos a hacer?

75

Después de que Ana le dijo a Berto que sería papá, él también comenzó a reírse, sólo que su risa era de alegría, más que una risa nerviosa.

—Vamos a tener un bebé —dijo, tratando de hacerse a la idea—. Vamos a tener un bebé.

El entusiasmo de Berto la hizo sentir mejor, como si se tratara de un cobertor calientito. Berto besó su cabeza y acarició su pelo suavemente.

—Tendremos que decirle a Silvia y a Pablo —reflexionó Berto.

—Ya sé —dijo Ana—, pero tenía miedo.

A la mañana siguiente, Ana les preguntó a Silvia y a Pablo si Berto y ella podían hablar con ellos en privado. Los cuatro se sentaron en la mesa de la cocina después de que todos habían terminado de lavar los platos del desayuno.

Tenemos algo que decirles —comenzó Ana—. Se

volvió a Berto en busca de ayuda, pero él estaba mirando por la ventana. Ella tendría que ser la fuerte.

—Es muy difícil decirlo —comenzó.

—Sólo dilo, Ana —la animó Silvia.

—Nunca te he visto tan seria, guapa —bromeó Pablo.

—Estoy embarazada. Estoy embarazada y Berto es el papá del bebé —Ana respiró profundamente; sentía la cara enrojecida.

—¿Qué? Ay, Ana, Berto —se lamentó Silvia y, frotándose las manos en las sienes, agregó—: ¿Cómo pudieron hacer esto? Los dos tienen el virus del SIDA y esto puede provocar que el otro se enferme más.

Ana y Berto permanecieron callados. Silvia respiró profundamente.

—¿En qué estaban pensando? —les preguntó enojada—. No deberían haber tenido sexo en absoluto, y ciertamente, no sin un condón.

—Fue sólo una vez —dijo Ana defendiéndose, con la cara ardiendo—. Una vez sin un condón.

—Una vez fue suficiente, Ana. Y ahora tu bebé también está en peligro. ¿Y ahora qué hacemos? —preguntó Pablo—. Este hogar es para adolescentes y adultos. No podemos tener un bebé aquí. Tendrás que encontrar otro hogar, Ana.

Ana se quedó helada. Le gustaba mucho vivir en el

hogar. Era lo más cercano que había tenido a su sueño de una casa con un huerto. ¿Adónde iría? Nunca se le había ocurrido que tendría que irse del hogar y separarse de Berto.

Ana comenzó a llorar.

—Cálmate, Ana —le dijo Silvia—. Ya se verá cómo lo resolvemos. Ya veremos cómo resolvemos esto.

76

En las siguientes semanas, la náusea comenzó a ceder, pero las emociones de Ana oscilaban como un péndulo. Algunos días se sentía emocionada y eufórica, honrada de que Dios la hubiera escogido para ser madre. Otros días se sentía nerviosa y con miedo. A veces imaginaba que podría darle a su hijo el hogar amoroso y estable que ella había deseado durante su infancia; otras temía repetir el ciclo de su pasado, y que su bebé terminara como su hermana Lucía, quien nunca salió del hospital. Ana juró hacer todo lo que estuviera en sus manos para impedir que su bebé desarrollara el VIH/SIDA.

Ana siempre había sido muy responsable para tomar sus medicamentos, pero ahora comprendía que necesitaba tomar las medicinas no sólo para protegerse, sino para proteger a su bebé. Tomar su medicina todos los días era lo primero que podía hacer para ofrecerle a su bebé una vida sana. Cada vez que tragaba una píldora, se decía: "Lo estoy haciendo por ti, mi niña." Por alguna razón, desde el inicio del embarazo, Ana supo que tendría una niña.

77

En un principio, Ana no les mencionó a sus amigas que estaba embarazada. En la escuela, actuaba como una chica de dieciséis años, preocupada por la tarea y los chismes. A veces comenzaba a divagar en clase, recordaba a la bebé y sonreía. Nadie tenía la menor idea de que ella llevaba una nueva vida en su interior.

Unas semanas después, la falda de Ana comenzó a estirarse alrededor de la cintura conforme su vientre crecía. Había bajado un poco de peso al inicio del embarazo debido a los frecuentes vómitos, pero ya lo había recuperado, e incluso más.

—Oye, chica, estás engordando —le dijo una de sus amigas mientras hacían la fila para comer.

En vez de defenderse o dar una respuesta sarcástica, Ana sonrió.

Sus amigas observaban que en vez de sentirse insultada, Ana parecía estar orgullosa.

—¿Qué, estás embarazada? —le preguntó una de sus amigas, riendo mientras le jalaba suavemente la manga de la blusa.

Ana se quedó callada.

Una mirada de sorpresa pasó por sus caras. Las chicas se acercaron y dijeron en voz muy baja: —¡Sí lo estás! ¿Es de Berto? ¿Cuándo va a nacer el bebé?

Las amigas de Ana la habían escuchado hablar sin cesar de Berto, pero aún no lo conocían.

Las chicas se pasaron el resto del almuerzo tratando de encontrar nombres para la bebé. Ana disfrutaba la atención que le prestaban sus amigas; durante días, Ana y su bebé fueron el único tema de conversación. Se sentía especial e importante; también se sentía con suerte. Muchas escuelas en el barrio no permitían que las chicas embarazadas continuaran sus estudios.

Ana no sabía cuánto trabajo representaría un bebé. No le preocupaba combinar sus actividades de madre y estudiante. En ese momento, sólo podía pensar en su bebé y en cuánto la amaría.

78

Aunque Ana iba a la escuela casi todos los días, si se sentía cansada o con náusea se quedaba a hacer sus tareas en casa. Berto consiguió un empleo lavando autos en la calle; quería tener dinero para comprarle blusas de maternidad a Ana y ropa a la bebé.

Berto trabajaba mucho, pero la cadera izquierda le dolía. Le había dado problemas de manera intermitente desde varios meses atrás, pero ahora sentía el dolor cual grava que triturara sus articulaciones. Fue a ver a un doctor que le diagnosticó una infección en la cadera. Le dio un bastón para aliviarle un poco el peso cuando estaba de pie o caminaba.

En un par de semanas, Berto ya no podía mantenerse en pie el tiempo suficiente para lavar un auto. Sentía pulsaciones en la pierna todo el tiempo y cojeaba como un anciano. Ya no podía trabajar y Ana se preocupaba por él y se preguntaba si se curaría lo suficiente para ayudarla a cuidar a su bebé.

79

Cuando Ana tenía siete meses de embarazo, su familia en el hogar le organizó un *baby shower.* Ana seguía insistiendo que sería niña.

Los residentes del hogar le compraron a la bebé una cómoda, una cuna, un ventilador y montones de ropita color de rosa, incluyendo calcetines hechos a mano y una blusita. Decoraron la casa con globos y banderolas rosados, confiados en que la intuición de Ana era correcta.

Ana se sentía feliz de hablar maravillas de su bebé. Esta nueva vida le ofrecía la posibilidad de comenzar de nuevo, una oportunidad de revivir su infancia y darle a su hija todo el amor y la seguridad que ella hubiera querido tener para sí. Ana se mostraba más optimista sobre su futuro cuando lo consideraba a través de los ojos de su niña no nacida.

Ana se preocupaba tanto con lo que sucedía dentro de su cuerpo que le quedaba poco tiempo para mortificarse por tener que dejar el hogar cuando la bebé naciera. En parte, no quería imaginar la vida fuera del hogar, no quería pensar en estar sola, vivir sin Berto o volver a comenzar en un nuevo hogar para grupos.

Silvia y Pablo se pasaban horas en el teléfono, buscando pistas e intentando encontrar el mejor lugar para Ana y su bebé. Tiempo después, se pusieron en contacto con la tía favorita de Ana, Aída, quien años antes no había podido recibirla en su casa. Pero ahora era diferente: Aída ganaba un poco más como mesera en un restaurante y sus hijos eran un poco más grandes e independientes.

—Un bebé debe tener una familia —le dijo Aída a Silvia—. Y me encantaría que Ana y el bebé vivieran conmigo.

Cuando Silvia colgó el teléfono, tuvo la seguridad de que Ana sería bienvenida y recibiría todo el apoyo que necesitaba como nueva madre.

80

Un mes antes de la fecha del parto, Berto fue hospitalizado; el dolor en la cadera se había vuelto insoportable y era necesario hacerle una cirugía para limpiar la infección de manera que pudiera recuperar el movimiento de su pierna. Berto no podía ofrecerle a Ana mucho apoyo durante este tiempo; necesitaba cuidar su propia salud y le dijo que sentía mucho no ser de más ayuda.

—Todo saldrá bien —le respondió Ana, aunque ambos sentían que eran palabras huecas. Durante meses, ella había imaginado que Berto estaría a su lado, tomándola de la mano, acariciando su pelo mientras ella daba a luz. Ana sabía que Berto no podía hacer nada por su situación, pero se sintió muy decepcionada de que el parto no fuera como ella lo había deseado. Ana le temía al dolor, temía las posibles complicaciones, temía lo desconocido; no quería estar sola durante el parto.

Ana trataba de ser fuerte por Berto. Lo visitó en el

hospital un par de veces, pero en las últimas semanas de su embarazo, su doctora le dijo que tratara de recostarse el mayor tiempo posible, ya que su embarazo era considerado de alto riesgo. Ana dejó la escuela y se quedó a descansar en el hogar.

Ana no encontraba una postura cómoda; no podía dormir bien en la noche porque su enorme vientre le provocaba mucha presión. A veces tenía pesadillas, ráfagas de una figura parecida a una bestia que la hacía despertar muerta de pánico.

Durante esas noches, Ana volteaba hacia la fotocopia de su mamá, que seguía clavada en la pared junto a su cama.

Ana pensaba para sí, "Mamá, tengo miedo. Tengo miedo de traer un bebé al mundo".

Miraba el joven rostro de su madre y pensaba: "Tú tenías mi edad cuando yo nací. ¿Tenías miedo, mamá?".

Ana pensaba mucho en su mamá, y en esos momentos de tranquilidad en la noche, añoraba a su mamá tal como un bebé añora el consuelo del tacto de su madre.

"Ojalá que estuvieras aquí para ayudarme", pensó Ana. "Ojalá que pudiera tomar tu mano. Quiero que mi bebé tenga una vida buena, una vida sin abusos ni dolor".

Ana se consolaba pensando en su madre. Miraba la

foto, tal como lo hacía cuando era una niña. Cuando comenzaba a sentirse más segura, cerraba los ojos y se quedaba dormida.

81

Una noche, Ana se despertó con un fuerte calambre en el abdomen. En las semanas anteriores había sentido el vientre bastante tenso, cuando los músculos se contraían y le provocaban la sensación de que su vientre parecía una piñata excesivamente llena.

El dolor cedió y pudo volver a respirar. Se dio la vuelta en la cama esperando dormirse de nuevo. Unos minutos después, el dolor regresó.

Sabía que había llegado el momento.

Silvia la llevó al hospital público.

—Todo va a salir bien, Ana —le dijo Silvia—. Te espero allá abajo. Ya estás preparada.

—¿Puedes llamar a Berto? —preguntó Ana—. Sabía que no podría acompañarla, pero quería asegurarse de que supiera que su bebé estaba por nacer. Berto se encontraba en el mismo hospital, en otro piso, y podría verla después del parto.

—Y, Silvia, gracias por todo —continuó Ana—. Por cierto, Berto y yo lo comentamos y queremos que tú y Pablo sean los padrinos. Estamos seguros de que si algo nos sucede, ustedes amarían y cuidarían a nuestra bebé.

—Claro, Ana, claro —respondió Silvia—. Será un honor.

82

Ana estaba preparada para la cirugía. La doctora le había dicho que le harían una cesárea para reducir el riesgo de que el bebé se contagiara del VIH. Ana sentía temor, pero lo hizo a un lado; haría lo que fuera mejor para su bebé.

Ana estaba recostada sobre una camilla cuando un hombre que jamás había visto se le acercó y se presentó como su doctor.

—¿Dónde está *mi* doctora? —preguntó Ana.

—No está, pero no te preocupes. —Esto no era lo que ella esperaba y Ana se puso más nerviosa.

Otro hombre se acercó a administrarle la anestesia. Le inyectó una sustancia en la columna para adormecerla de la cintura hacia abajo. Le anunció que estaría despierta durante la cirugía pero no sentiría dolor.

Una enfermera colgó una hoja de papel sobre el pecho de Ana, de manera que no pudiera ver al doctor.

Cuando comenzó la cirugía, Ana sintió presión y adivinó que el doctor le estaba cortando el vientre. Recordó cuando su padre cortaba lobina y la imagen la divirtió en vez de asustarla. Ana cerró los ojos.

Poco después escuchó un gemido, el primer llanto de su bebé. La voz de su bebé —de *su* bebé— resultaba tan pequeña y desprotegida, aunque denotaba fuerza de voluntad.

—Es una niña —anunció el doctor—. Una hermosa niña.

La enfermera se llevó a la pequeña para lavarla y revisarla. Ana observaba mientras la pesaba y le ponía gotas en los ojos.

Ana comenzó a llorar, sentía una alegría y un optimismo desbordantes. Sabía que, de ahora en adelante, su mundo sería diferente, más difícil en muchos sentidos aunque, al mismo tiempo, una segunda oportunidad para ser feliz, una oportunidad para amar y ser amada de una manera desconocida durante su infancia. Con el nacimiento de su hija, Ana renacía.

83

Ana decidió que la niña se llamaría Beatriz.

Una vez que el doctor terminó la cirugía, Ana fue trasladada a la sala de recuperación. Una enfermera envolvió a Beatriz en una manta, como un tamalito, y se la acercó.

Ana sostuvo a su bebé contra el pecho y miró sus oscuros ojos cafés. Una enfermera le trajo una botella pequeña con fórmula.

—Tendrás que darle botella —le dijo la enfermera.

—Sí, ya recuerdo.

Ana había aprendido por su doctora y en las reuniones de su grupo de apoyo que muchas veces el VIH se contagia de madre a hijo a través de la leche materna. También sabía que era cuestión de suerte, que uno de cada tres bebés de madres contagiadas del virus nacía con él. A Isabel no le habían dado pecho y no se había contagiado; era una de las afortunadas.

Ana arrullaba a Beatriz y la sentía como una bendición. La observaba, hipnotizada por su belleza, sorprendida de que esos deditos perfectos vinieran de ella.

Ana estaba decidida a hacer lo necesario para que su bebé viviera sana. La doctora le había asegurado que como ella había tomado su medicina todos los días, las probabilidades de que Beatriz no estuviera contagiada del VIH eran muy altas.

De pronto pensó en su madre; le volvió a la memoria aquella imagen, de pie detrás de la puerta del baño, llorando la muerte de Lucía. Por primera vez, Ana comprendió el dolor de su madre.

Al mirar a Beatriz, sus ojos oscuros, la cabecita cubierta de pelusa café y el delicado cuerpecito, Ana supo de inmediato que su hija sería el centro de su vida. Sintió un amor profundo y desconocido, un amor perfecto entre una madre y su hija, el mismo amor que seguramente su madre había sentido por ella.

84

En el instante que Berto supo que su niña había nacido, quiso bajar a conocerla, pero no tenía fuerzas ni para cruzar la habitación. La enfermera le aconsejó descansar y visitar a Ana y a la bebé por la mañana.

Al día siguiente, en cuanto se despertó, Berto bajó cojeando al ala de maternidad del hospital apoyado en una caminadora metálica. Le mortificaba el molesto ruido sordo que producía la caminadora sobre el piso y le avergonzaba depender de este artefacto metálico, de manera que lo dejó afuera del cuarto de Ana.

Se detuvo frente a la puerta para recuperar el aliento y limpiarse el sudor de la frente. Inhaló profundamente y empujó la puerta.

Berto se apoyó en el barandal de la cama para acercarse a Ana y, con un gran esfuerzo, se sentó en el borde.

—Hola, mi amor —le dijo, mientras la tocaba cariñosamente para que se despertara.

—Hola, ¿ya la viste? —preguntó Ana con la voz aún rasposa—. ¿Ya conociste a nuestra niña, nuestra Beatriz?

—No, todavía no —respondió malhumorado—. Quería venir ayer pero los doctores me aconsejaron esperar a que me sintiera mejor.

—No te preocupes, ya habrá tiempo —respondió Ana. Sabía que a Berto le mortificaba su dependencia.

—Ana, me siento orgulloso de ti —le dijo Berto.

—Lo sé, lo sé —le respondió sonriendo.

Alguien tocó a la puerta e interrumpió su conversación. Una enfermera entró y dijo: —Ana, tienes una visita.

Isabel entró en el cuarto con un globo rosado en la mano. Ana se quedó sorprendida. ¿Era Isabel —su Isabel— la que estaba frente a ella? Se escribían cartas y ocasionalmente se hablaban por teléfono, pero Ana no había visto a su hermana en más de un año.

Isabel se abalanzó sobre Ana con lágrimas en los ojos.

—Ay, Isabel, qué alegría verte —dijo Ana abrazando a su hermana—. Serás la primera en conocer a Beatriz.

Isabel secó sus lágrimas y le dio un beso a Berto en las dos mejillas. Ya había escuchado mucho sobre él.

La enfermera regresó al cuarto.

—Berto —dijo la enfermera—, debes volver a tu cuarto. No puedes ver a otros visitantes en este momento.

El sistema inmune de Berto era tan débil que no podía exponerse a nadie que pudiera estar enfermo.

—Qué gusto conocerte, Isabel —dijo Berto. Luego besó a Ana y agregó—: Te prometo que muy pronto nos reuniremos.

Salió en silencio. La enfermera volvió con Beatriz.

—Es bella, Ana —dijo Isabel en voz baja.

—¿Quieres cargarla? —le preguntó Ana.

—No, no, me da miedo. Es tan pequeñita —respondió Isabel.

—Tú eres su tía, Isabel —Ana le recordó a su hermana—. Eres una de las personas más importantes en su vida. Cárgala, no te pongas nerviosa.

Isabel cargó a su sobrina con un poco de dificultad. Se le iluminó la cara cuando miró a la pequeña. Después, le devolvió la niña a su madre.

Ana e Isabel charlaron mientras Beatriz tomaba su botella. Ana le contó a su hermana que temía que Berto no pudiera conseguir trabajo debido al problema de su cadera. ¿Cómo podría trabajar si pasaba tanto tiempo en el hospital? Y sin la ayuda de Berto, le preocupaba no poder mantener a su hija. Le comentó a Isabel que los doctores pensaban que la niña estaba sana, y que ella y su hija se irían a vivir con su tía Aída.

—¿Crees que yo también pueda vivir con ella?

—preguntó Isabel.

—¿No estás bien en casa de tu padrino? —quiso saber Ana.

—¡Claro! —dijo Isabel, aunque Ana percibió algo en la voz de su hermana—. Sólo quisiera que estuviéramos juntas: tú, yo y Beatriz, eso es todo.

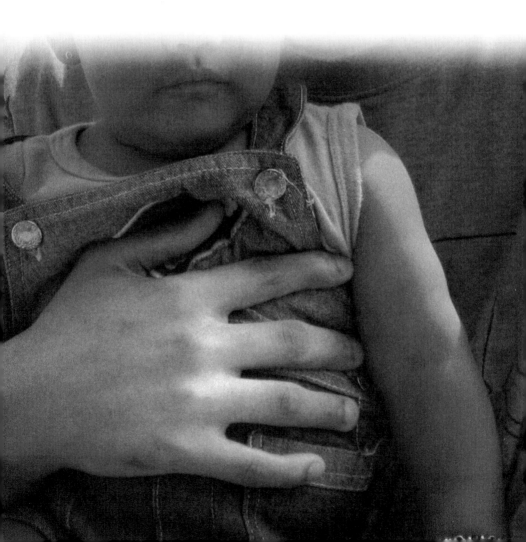

85

Dos días después, Aída llegó al hospital para recoger a Ana y a Beatriz y llevárselas a casa. Ana se sentía agotada pero feliz de ver a su tía.

—Hola, Ana —le dijo Aída, mientras le daba un abrazo emocionada—. Déjame ver a la bebé. ¿Dónde está?

Aída sacó a Beatriz de la cunita.

—Es tan bonita. Tiene los ojos de su abuelo —dijo, refiriéndose a su hermano mayor, el padre de Ana.

—Gracias —contestó Ana muy orgullosa. Luego agregó—: Gracias por todo.

Ana se sentía muy contenta de regresar con su familia, a lo que podría ser un hogar permanente.

—Ojalá hubiera podido hacerlo hace muchos años —afirmó Aída.

Aída condujo hasta una pequeña casa construida con bloques de concreto, con barras metálicas sobre las ventanas. La casa se encontraba en un barrio pobre en las afueras de la ciudad, con calles bordeadas por casas pequeñitas pintadas en brillantes colores tropicales. Habían dos habitaciones, una cocineta y una sala para Aída, su marido y sus tres hijos. A Ana no le importaba la falta de privacidad ni el amontonamiento. Se sentía muy agradecida de estar con su familia.

Ana llevó la caja de ropa al cuarto que compartiría con sus tres primos jóvenes y colgó la ropa sobre un palo montado sobre el muro, detrás de la cama donde dormiría con Beatriz, ya que no había espacio para la cunita. Por todo el cuarto había botellas para bebé, muñecas Barbie, autos de control remoto y montones de ropa de niño. El cansancio de Ana era tal que no le preocupó el desorden. Colocó a Beatriz en medio de la cama, con una almohada de cada lado para hacerle una barrera; se recostó del otro lado y se quedó dormida de inmediato.

A la mañana siguiente, mientras desayunaban café y tortitas de maíz con queso, Aída y Ana conversaron.

—¿Ya saben si la bebé está sana? —preguntó Aída, preocupada por la posibilidad de que el VIH se le hubiera contagiado a Beatriz.

—Los doctores piensan que está muy bien —dijo Ana—. Pero tendrán que hacerle algunas pruebas.

—Qué alivio —comentó Aída—. Recuerdo cuando tú te encontrabas tan enferma. Tu abuela estaba muy preocupada.

—¿Cuándo estuve enferma? —preguntó Ana, dándole un sorbo a su café—. Nunca he estado enferma.

—¿Nunca has escuchado la historia de cómo te salvó la vida tu abuela?

Si bien Ana sabía que su abuela se encargó de ella desde pequeña, nunca había escuchado que le salvara la vida.

—Cuando tenías cuatro años, tu abuela te llevó al hospital; el doctor dijo que posiblemente te morirías de SIDA. Estabas muy delgada, muy enferma y te veías fatal —le contó Aída.

—Se te cayeron todos los dientes de leche y estuviste a punto de morir —continuó—. Tu abuela decidió que tenía que conseguir medicinas para salvarte la vida. Buscó un programa en los Estados Unidos que te diera los medicamentos cuando eras pequeña. No fue nada fácil.

—¿Acaso la tía Aída hablaba de la misma abuela?, ¿la que la golpeaba, la que le enseñó a ocultar sus secretos? Ana jamás había escuchado esto.

—No lo recuerdo —respondió Ana, aunque se alegró de enterarse de este trozo de su pasado. Su abuela, su abuela fuerte, orgullosa, terca, la había querido lo suficiente para luchar por su vida. Esto era importante para ella; era importante saber que su abuela la había querido.

86

Cuando Beatriz cumplió seis semanas, Ana quería mostrársela a todos y la llevó a misa al hogar. Aunque ese domingo llovía a cántaros, decidió llevar a la pequeña a la visita.

Después de misa, todos se reunieron en torno de Ana y Beatriz; la sala estaba invadida con el dulce murmullo de familia. Sentada, Ana mecía orgullosamente a Beatriz, mientras sus amigos del hogar la rodeaban para admirar a la pequeña. Berto se había sentado junto a Ana en silencio y no tomó parte en la conversación.

De pronto Beatriz comenzó a emitir unos llantos ahogados. Ana la acunó y le limpió las lágrimas. Berto le pasó un trapo limpio a Ana sin decir palabra.

Cuando llegó la hora de marcharse, Ana cargó a Beatriz con un brazo y le extendió el otro a Berto, ya que necesitaba el brazo de Ana y un bastón para caminar. Sabía que él se mostraba distante por el dolor de la

cadera, pero no era el mismo Berto que había conocido
bajo el árbol en el centro de readaptación.

Ana se pasaba la mayor parte del tiempo sin Berto. Él
vivía en el hogar e iba constantemente al hospital. Aída
y su marido trabajaban durante el día y sus primos se
iban a la escuela. Ana disfrutaba la tranquilidad y el
tiempo que pasaba a solas con Beatriz.

Por las tardes, Ana ponía un CD de una de sus bandas
preferidas, Aventura, y cantaba usando el control remoto
como su micrófono. Muchas veces se inclinaba y levantaba a Beatriz, girando alrededor de la pequeña sala como
bailarina de cajita de música con su hija abrazada a su
pecho. En ocasiones, Ana bailaba al ritmo de bachata y
movía los pies hacia adelante y hacia atrás como las
manecillas de un reloj, mientras cantaba la letra.

Ana era sorprendentemente bella. Con su piel morena,
el largo y oscuro pelo rizado y los almendrados ojos oscuros, se parecía mucho a las exóticas mujeres de los cuadros
que pintara Gauguin en Tahití. Le enseñaba a bailar a su
hija tal como su padre le había enseñado a ella.

88

Cuando Beatriz cumplió tres meses, la doctora le hizo un análisis para saber si tenía el VIH. Ana sostuvo a la bebé mientras la enfermera le sacaba sangre, rezando en silencio para que la niña no se hubiera contagiado.

Unas semanas más tarde, recibió el resultado del consultorio médico: negativo.

Ana no podría quedarse completamente tranquila; sería necesario hacerle otros análisis de seguimiento en algunos meses.

89

Berto regresó al hospital, donde permaneció otro mes. No había podido disfrutar la temporada navideña, admirar las palmeras adornadas con luces rojas y verdes, comprar el regalo perfecto para la primera Navidad de Beatriz, llevar a su hija al desfile que se celebraba cada año. Ana había esperado hacer todo esto con Berto, como una familia, pero tuvo que conformarse con hacerlo sola con Beatriz.

Ana llegó al hospital y subió por el elevador hasta el piso donde se encontraba Berto. El pasillo estaba decorado con motivos navideños: enormes campanas rojas y verdes que colgaban del techo cual simios, y un árbol de navidad cuajado de adornos en una esquina.

Ana caminó hacia la austera caja de zapatos que era el cuarto de Berto, el cual compartía con un compañero, un hombre dolorosamente delgado que usaba unos pañales enormes. Aun cuando tenía unos cuarenta años, el hombre estaba reducido a la humillación de la inutilidad. Se encontraba medio cubierto por una delgada manta de lana, y su pierna inerte colgaba a un lado de la cama, "cual rama hueca de un árbol podrido", pensó Ana.

Ana ignoró la mirada de muerte en los ojos del compañero de cuarto. Se enfocó en Berto, quien vestía una bata de hospital; su cara era angulosa y esquelética, la piel cubierta por una erupción típica de las personas con SIDA. Sus delgados labios ya casi no sonreían.

Ana le llevó a Berto una caja de galletas. Arrancó el envoltorio de plástico y la abrió. Mordió una galleta y corrió hacia el bote de la basura, escupiendo el bocado con gran teatralidad, todo por alegrar a Berto.

Berto rió en silencio con los ojos clavados en el televisor. Estaba tratando de no mostrar sus sentimientos.

Ana intentó obligarlo a probar la galleta. El flirteo continuó hasta que él la acercó hacia él.

Berto era tímido e introvertido, pero estaba enamorado de Ana. Tenía fotos de Ana y de Beatriz pegadas por todo el cuarto.

Ana se sentó sobre el borde de la cama y le contó a Berto que Beatriz se había rodado por primera vez.

—Quiero ir a casa para verla —dijo Berto. Beatriz no podía ir al hospital porque era muy pequeña.

—Yo también quiero eso —contestó Ana, pues en verdad quería que Berto se involucrara más en la vida de Beatriz y le hubiera encantado que los tres vivieran juntos como una familia. No obstante, Ana comenzaba a preguntarse si Berto sería el hombre para ella.

Afuera del cuarto, tres enfermeras chismeaban en el escritorio mientras acomodaban unos certificados de defunción.

90

Aunque el barrio donde Ana vivía quedaba a unos veinte minutos por autobús de Berto, le encantaba vivir en casa de su tía Aída; se sentía feliz de tener una familia. Ana disfrutaba de caminar por las calles de su barrio, pasar frente a las madres que vigilaban desde la puerta a sus hijos mientras jugaban y hombres que cortaban con machetes la maleza que crecía a un lado del camino. Ana se sentía encantada de que ella y Beatriz vivieran cerca de donde ella vivió de niña con su mamá y su papá.

A veces, en las mañanas, después de bañar y vestir a Beatriz, Ana caminaba al supermercado, que quedaba a pocas cuadras de la casa, a comprar leche y pañales. Una mañana, dos chicas de su edad la detuvieron muy cerca de su casa.

—Hola, ¿eres nueva? —dijo una chica bajita.

—Sí —respondió Ana—. Me mudé a casa de mi tía

hace unos tres meses. Es la casa color durazno de la esquina.

—No puedo creer que no nos hayamos visto. ¿Es tu bebé? —le preguntó la otra chica.

—Sí, es Beatriz —respondió Ana, un poco más cálida—. Tiene casi cinco meses.

—Está súper linda, muy hermosa y gordita —dijo la chica bajita—. Hola, Beatriz, soy Marcela y ella es Verónica.

—Yo soy Ana, mucho gusto —replicó Ana, emocionada de conocer amigas de su edad.

Verónica y Marcela acompañaron a Ana y a Beatriz hasta el parque, donde todas las noches se reunían con unas amigas durante un par de horas.

—Deberías venir en la noche; tenemos unos amigos muy simpáticos. ¿Tienes novio? —preguntó Verónica.

—Sí, ¿dónde está el papá de Beatriz? —coreó Marcela.

—Vive cerca, aunque últimamente las cosas han estado un poco raras con él —dijo Ana mirando a Beatriz. Sintió como si esas palabras fueran una traición para Berto; no obstante, quería hablar con alguien sobre la tensión en su relación. Claro que no pensaba decirles a sus nuevas amigas que Berto llevaba varios meses entrando y saliendo del hospital. No quería que le

preguntaran sobre su enfermedad... o la suya. Sólo quería tener amigas, quería que la vieran como una chica normal de diecisiete años, que era como ella se veía a sí misma.

Esa noche Ana fue al parque y conoció a los amigos de las muchachas. No recordaba casi ninguno de sus nombres y se pasó todo el tiempo junto a Verónica y Marcela.

—¿Quién es aquel? —preguntó Ana, señalando a un chico alto, de espaldas anchas y pelo negro rizado.

—Es Guillermo. Es tan guapo —dijo Verónica—. Vive con su mamá.

En cuanto él volteó en dirección de Ana, ella desvió la mirada hacia Beatriz.

91

Las cosas se complicaban cada vez más entre Ana y Berto. Él salió del hospital y regresó al hogar, pero no pasaban mucho tiempo juntos. Ana siempre tenía que visitarlo, porque a él le resultaba difícil moverse. Ella se sentía muy mal por él, le entristecía que tuviera dolor, pero también se sentía sola cuando miraba a otras parejas que caminaban de la mano con sus hijos. Estaba rodeada de familias y aunque Berto era el padre de su hija, ella no sentía que formaran una familia propia.

Los sentimientos de Ana hacia Berto eran impredecibles. Cuando recordaba el amor que se tenían al principio de su relación, quería estar con él para siempre. Cuando pensaba en Beatriz, no estaba segura de que Berto fuera el tipo de padre que ella necesitaba para su hija. Si estaban juntos, él parecía más interesado en Ana que en Beatriz; parecía que Berto quisiera ser un novio, más que un padre. Ana deseaba una familia para su hija;

quería darle todo lo que ella no había tenido.

En muchos sentidos, Berto seguía siendo el mejor amigo de Ana, pero sus sentimientos hacia él habían cambiado. La pasión, la atracción, las mariposas se habían extinguido.

Ahora, Ana pensaba mucho en Guillermo. Berto era y siempre sería el papá de Beatriz, pero Ana sabía lo que ella debía hacer.

Ana no quería lastimar a Berto; no obstante, tenía que comunicarle sus sentimientos. Las palmas le sudaban cuando marcó el número telefónico del hogar.

—Hola, Berto —le dijo, nerviosa.

—Hola, Ana, ¿qué sucede? ¿Cómo está Beatriz? —preguntó él con voz débil.

—Beatriz está bien, yo también —dijo Ana mientras trataba de aclarar la garganta—. Berto, necesito hablar contigo; sé que últimamente he actuado de manera extraña.

—Está bien, Ana —dijo Berto, tratando de interrumpirla—. Te entiendo.

—No, Berto, no está bien —Ana se detuvo, sin saber cómo continuar. De pronto soltó abruptamente:

—Siempre serás el papá de Beatriz, pero no creo que estemos funcionando como pareja.

Hubo un largo silencio en la línea.

—No me esperaba esto —dijo Berto— y no lo quiero.

No quiero que Beatriz tenga una vida como la mía, sin mamá y sin papá. Yo soy su padre.

Ana no podía responder. Entendía su dolor y no quería empeorar las cosas.

—Haría cualquier cosa para que esto funcione, para que seamos una familia, una verdadera familia —respondió él.

—Berto, no puedes —dijo Ana—. No tienes trabajo, sigues viviendo en el hogar. Necesitas estar allí, pero Beatriz y yo no podemos vivir allí contigo. ¿Cómo podemos ser una familia si no vivimos juntos? —dijo Ana.

De pronto, Ana se dio cuenta de que había algo más.

—Lo siento, Berto —continuó—, pero mis sentimientos también han cambiado.

—Está bien —fue todo lo que dijo Berto, antes de colgar el teléfono.

Ana sintió una mezcla de pesar y alivio. No se arrepentía de lo que había hecho, aunque sí le dolía que Berto no pudiera ser el tipo de padre que Beatriz necesitaba. Ana y Berto querían el mismo futuro para ella —el amor y el apoyo de una familia— pero Ana ya no se veía compartiendo este sueño con él.

92

El día de año nuevo, Verónica pasó a visitar a Ana.

—¿Qué vas a hacer en la noche? —preguntó Verónica.

—Nada —respondió Ana—. Creo que me quedaré en casa con Beatriz.

—¡De ninguna manera! Tienes que venir al parque esta noche. Los chicos van a asar pescado y plátanos y habrán fuegos artificiales.

—No sé. No puedo quedarme hasta la medianoche, es muy tarde para la bebita —contestó Ana.

Aída escuchaba la conversación desde el cuarto contiguo.

—Ana —dijo Aída—, yo cuido a Beatriz, ve a la fiesta.

—¿Estás segura, tía? Será la primera vez que me separe de Beatriz.

—Sal un poco, diviértete —dijo la tía—. No te preocupes por Beatriz.

Ana y Verónica llegaron al parque a las nueve. Ya había muchos jóvenes bailando, recostados sobre mantas mirando al cielo y comiendo helados. La romántica cadencia del *reggae* inundaba la noche fresca y oscura, y los fuegos artificiales iluminaban una astilla de luna.

Guillermo se acercó a Ana y a Verónica.

—Hola, Guillermo, feliz año nuevo —dijo Verónica, abrazando a su amigo—. Te presento a Ana. Se acaba de mudar aquí con su bebé.

—¡Caramba! Cupido me ha dado el flechazo —respondió Guillermo con una voz ronca y sedosa.

Ana se percató de que las palabras de Guillermo la habían emocionado.

Mirando a Ana directamente a los ojos, la invitó a bailar, al tiempo que le extendía la mano.

93

A la mañana siguiente, Ana llevó a Beatriz al hogar a visitar a su papá. Cuando llegaron, vio que Berto se encontraba en el jardín, apoyado en un bastón.

—Hola, Berto —le dijo Ana, dándole un beso en la mejilla—. ¿Cómo estás?

—Muy bien —respondió, pero Ana percibía la tristeza en su cara. Berto se alejó solo a su cuarto.

Ana se quedó hablando con Silvia y otras mujeres del hogar sobre la fecha del bautismo de Beatriz; luego fue al cuarto de Berto.

Recordaba las noches que había pasado con él en el pequeño catre, escuchando el latido de su corazón al ritmo de la radio. Sentía tristeza de que sus sentimientos hubieran cambiado, pero ésa era la realidad.

—¿Qué sucede? —preguntó él.

—Sólo quería que le dieras un beso a Beatriz antes de que nos vayamos —dijo Ana acercando a Beatriz hacia su papá. El la abrazó y la besó en la frente.

—Haré lo que pueda para mantenerla y sé que el hogar está dispuesto a ayudar.

Ana se sintió contenta de que Berto quisiera asumir seriamente sus responsabilidades como padre y hacer lo que le fuera posible.

—Gracias —le respondió, tomando a Beatriz—. Nos vemos pronto.

Cuando Ana se volteó para salir, miró hacia la cama y vio las fotos de ella y Beatriz pegadas en la pared, cerca de la almohada de Berto. Se volvió hacia él.

—¿Quieres que venga algún día en especial para que la veas? —preguntó Ana.

—Es mejor por las tardes, pues voy a regresar a la escuela —dijo Berto.

Ana se sorprendió, aunque le dio mucho gusto.

—¡Qué bien! —le dijo.

94

Esa tarde, la familia entera de Ana hizo planes para reunirse en casa de Aída con motivo del año nuevo. Ana se sentía nerviosa; no había visto a su abuela ni a su tía abuela Sonia en varios años.

Ana tenía la esperanza de que Beatriz fuera un puente que reuniera a la familia, y el primer día del año nuevo parecía un momento propicio para recomenzar. Ana estaba dispuesta a hacer las paces. Aun cuando los dolorosos recuerdos no se habían borrado, ella sabía que había provocado muchas situaciones difíciles cuando vivió a su lado. Desde luego, la conducta de Ana no justificaba los abusos, pero ahora ella se percataba de haber suscitado algunos conflictos. Estaba dispuesta a intentarlo una vez más, por el bien de su hija.

Ana se encontraba en una esquina arrullando a Beatriz cuando llegó la familia. La abuela entró sola y Ana sintió un gran alivio de que no viniera con Ernesto.

Aun cuando se veía bastante decrépita —los ojos viejos y cansados, y la cara arrugada como una ciruela seca— seguía portando su orgullo cual medalla.

La abuela miró a Ana y se dirigió hacia ella.

—¿Es tu bebé, Ana? —le preguntó con voz aguda.

—Sí, abuela, se llama Beatriz.

—¡Miren a mi bisnieta! —le gritó la abuela al resto de la familia. Luego abrazó a Ana y le quitó a Beatriz de los brazos.

La abuela llevó a la niña al otro lado del cuarto, mostrándola a toda la familia.

Ana no tenía que hablar del pasado con su abuela. Por el momento, hablar de Beatriz era suficiente.

Más tarde, llegó la tía abuela Sonia. Cuando entró en la casa, miró hacia todos lados y se dirigió a Ana. Caminaba lentamente, con dificultad.

—Hola, Ana —le dijo la tía—. Qué gusto verte a ti y a tu bebé. Espero que tengas un buen año.

—Tú también, tía Sonia —respondió Ana.

Ana apretujó a Beatriz y respiró profundamente. Estaba frente a las dos mujeres que la habían lastimado y rechazado, pero sabía que ahora ya no tenían el poder de herirla. Ella las recordaba como mujeres grandes, poderosas y dominantes, pero ahora eran sólo una encogida sombra de lo que habían sido. Esta vez Ana sintió que podía protegerse, y proteger a Beatriz en caso de que fuera necesario.

Poco después, Ana charlaba con sus primos sentada en el borde del sofá. Miró en torno de la habitación llena de familia; percibía el dulce olor de empanadas que se horneaban en la cocina y miraba a los adultos reír y charlar.

Sabía que la familia tenía sus fallas, pero le sorprendió que en verdad quisiera estar con esta gente en este lugar y en este momento. La única persona que Ana extrañaba, y a la que más quería ver, era a su hermana Isabel.

95

Durante la fiesta, Ana se enteró de que habían echado a Isabel de casa de su padrino y la enviaron al centro de readaptación. Hasta ese día, Ana nunca supo que Isabel llegaba tarde por las noches y le entornaba los ojos a su padrino cuando él la reprendía. No tenía idea de que Isabel insultara a la madrina ni que muchas veces dejara de ir a la escuela. La noticia le provocó un profundo dolor. Se percató de que Isabel pedía ayuda a gritos y quería visitarla a como diera lugar.

96

Dos días después, Ana se acercó al centro de readaptación. Se veía igual que el día que lo dejó, con el mismo mural pintado en rojo, limón y turquesa.

Ana saludó a las custodias que trabajaban ahí cuando ella estuvo. Fue a la oficina y orgullosamente le presentó a Beatriz a su custodia preferida.

—Ana, ¿es tu bebé? —preguntó la custodia.

—Sí, esta es Beatriz. ¿No es hermosa? —preguntó Ana.

—Sí, muy linda, y tiene tu sonrisa —dijo la mujer, mientras apretaba con cuidado una de las mejillas de la niña.

—Se parece más a su papá —replicó Ana, sintiendo una tristeza momentánea.

—¿Conoces a Isabel? —preguntó Ana, cambiando el tema—. Es mi hermana.

—¿Tu hermana? —dijo la custodia sorprendida— Es

una chica con problemas.

Ana se encogió. Nunca pensó que pudieran decir eso de Isabel. Siempre fue la niña callada que veía a Ana meterse en problemas.

Ana le extendió a la custodia una bolsa con jabón, pasta de dientes, loción para la cara y una libreta de espiral color de rosa con un lápiz.

—¿Puedo dejarle esto? —preguntó.

La custodia revisó la bolsa y quitó la libreta y el lápiz.

—Tengo que confiscar esto —dijo, con voz amable—. Las niñas no pueden tener papel porque les escriben notas a los chicos.

—Comprendo —dijo Ana, recordando cuando le escribía notitas a José y a Berto.

—Espera en la cafetería —le indicó la custodia—. Isabel estará ahí en unos cinco minutos; está terminando de trabajar en el jardín.

Ana se dirigió a la cafetería y se sentó en una de las mesas. Miró el escenario y sonrió, recordando sus quince años.

Sentada en ese sitio, Ana se sorprendió de las similitudes entre la vida de Isabel y la suya. Pronto Isabel celebraría sus quince años encerrada en el mismo centro de readaptación donde ella los había festejado.

Después de unos minutos, Isabel entró en la cafetería

vistiendo la conocida camiseta y shorts que Ana usó durante su estancia.

Ana pensó que ella e Isabel se veían más parecidas que nunca, casi como gemelas. Ambas tenían grandes ojos color caoba, labios gruesos y pelo grueso, oscuro y rizado. Tal como los gemelos se vinculan durante el tiempo que pasan juntos en el vientre, Ana sabía que ella e Isabel estaban unidas por sus experiencias pasadas, su angustia y su alegría. Isabel era su hermana, su familia, y cumpliría la promesa que le había hecho a su padre.

97

Isabel abrazó a Ana fuertemente y besó a Beatriz en la cabeza. Se sentó y se secó las lágrimas; lágrimas de frustración, de soledad y de miedo. Ana nunca había visto así a Isabel: tan desesperada, tan vacía.

Ana escuchaba a Isabel contar sus problemas, que fluían como un río, y sintió un gran dolor cuando Isabel le dijo: "Lo único que quiero es vivir contigo, vivir con Beatriz. Quiero estar con ustedes".

Isabel miró a Ana directamente a los ojos y le dijo:

—Por favor, sálvame.

Ana recordaba las últimas palabras de su padre: "Cuida a tu hermana."

—Isabel —dijo Ana—, no puedo hacer nada por ahora, pero cuando cumpla dieciocho años, veré si puedes venirte a vivir conmigo.

—Pero falta un año —respondió Isabel con voz débil.

—Me enteré que dejaste la escuela —dijo Ana, cambiando el tema.

—No soporto ir a la escuela. Qué suerte que tú no tengas que ir.

—Ojalá pudiera ir —dijo Ana sintiendo que su voz denotaba enojo—. No puedo dejar a Beatriz, no puedo dársela a alguien que no conozco, a alguien que pueda lastimarla.

Era la primera vez que Ana comprendía cuánto temía por su hija. No quería exponerla a una situación en que pudieran lastimarla, como le había sucedido a ella.

—Quiero terminar la escuela —dijo Ana—. Por el momento no puedo ni siquiera comprar el uniforme... ni hablar de los libros.

Durante unos instantes, ambas chicas sintieron su propio dolor, sus propios remordimientos.

—Por lo menos tienes a Beatriz —dijo por fin Isabel—. No estás sola.

Ana comprendía cuán perdida y sola se sentía Isabel porque así se sintió ella alguna vez.

—No es fácil tener un bebé —le dijo Ana con cariño—. No me arrepiento ni un momento de haber traído a Beatriz al mundo, pero es difícil. No puedo hacer nada sin ella. Cambiar pañales y cuidarla todo el tiempo me tiene agotada.

Isabel comenzó a llorar y Ana le pasó a Beatriz. La niña emitió un llanto débil.

—Beatriz, no llores —le dijo Ana—. Es tu tía Isabel y las dos la queremos mucho, mucho.

98

Cuando Beatriz cumplió seis meses, los doctores le hicieron una segunda prueba para verificar que no tenía el VIH/SIDA. Aun cuando los resultados confirmaron los anteriores, tenían que hacerle un último análisis para comprobar definitivamente que no tuviera el virus del SIDA.

99

Ana comenzó a ver a Guillermo en el parque con más frecuencia. A él le encantaba cargar a Beatriz y hacerle muecas. La cargaba sobre sus hombros, levantándola y mostrándosela a todos sus amigos. Ana se alegraba de que Guillermo se interesara tanto en su hija.

Una semana después de la fiesta de año nuevo, Guillermo pasó a visitar a Ana a su casa.

—Hola, guapa, he extrañado verte en el parque estas últimas dos noches.

—Sí, ¿dónde has estado? —respondió Ana tratando de parecer indiferente.

—Estoy trabajando —dijo Guillermo—. Y salgo demasiado cansado del trabajo para ir al parque. Pero vine a ver si tú y Beatriz podrían venir en la noche a conocer a mi mamá.

Ningún chico le había pedido que conociera a sus padres. Estaba segura de que Berto se los habría presentado si los hubiera tenido. Se sintió culpable por pensarlo; no obstante, sacudió a Berto de su mente y respondió:

—Claro que sí.

100

Esa noche, Guillermo se presentó cinco minutos después de las siete, vestido de jeans y camisa blanca. Ana se probó cuatro blusas diferentes antes de decidirse por una ligera falda azul claro y una camiseta blanca. Se hizo una elaborada trenza con el pelo.

Ana y Guillermo caminaron de la mano. El llevaba a Beatriz sobre sus hombros y la sostenía con la mano libre. Guillermo la condujo por las calles de tierra hasta su casa que era parecida a la de Aída, salvo que era color verde limón.

Cuando entraron en la casa, Ana vio a la mamá de Guillermo sentada sobre un destartalado sillón rojo.

—Mamá, te presento a Ana y a Beatriz —dijo Guillermo.

—Ana, quería conocerte —respondió su madre—. ¿Qué le has hecho a mi hijo? Nada más te conoció y ya encontró trabajo. Creo que tú y esa niña tuya tuvieron algo que ver.

Ana sintió que se sonrojaba. No tenía idea de cuánto le importaban a Guillermo ella y su hija. Se sintió muy contenta y llena de esperanza.

101

Los sentimientos de Ana hacia Guillermo eran cada día más serios. Pasaban casi todas las tardes juntos y él le compraba leche y pañales a Beatriz.

Todas las noches, los tres se sentaban sobre una manta en el parque, disfrutando las frescas noches de verano. Hablaban de su vida. Ana le confesó la culpa que sentía por terminar su relación con Berto y dejar a Isabel en el centro; le contó de su pasado, sólo que ahora lo sentía como algo que había sucedido siglos atrás.

Ana quería ser franca con Guillermo en todos sentidos. Más que nada, quería confiarle su secreto sobre el VIH, pero temía su reacción, su rechazo.

Una noche que descansaban juntos en el parque, Guillermo comenzó a besarla con mayor intensidad.

—No, Guillermo —le dijo Ana—. Quiero tomarme las cosas con *mucha* calma.

Ana se negaba a tener relaciones íntimas con

Guillermo sin antes decirle la verdad.

Ana pensó en su papá, quien se había contagiado del VIH/SIDA de su madre. Cuando sus padres se conocieron, su mamá tenía trece años y no sabía que estaba enferma. Su mamá nunca imaginó que su amor enfermaría a su papá.

Ana no podía permitir que la infección se le contagiara a alguien más. "Mi mamá no estaba enterada, pero yo sí", se dijo a sí misma.

102

Ana se despertaba por las noches y miraba a Beatriz; observaba su respiración lenta y relajada, como suaves resoplidos.

—Mi niñita, te amo —le decía suavemente.

Ana no podía volverse a dormir. Se sentía nerviosa por Guillermo. Quería decirle que tenía el VIH pero le preocupaba que la dejara.

Al mirar a Beatriz, Ana decidió que debía hablar con Guillermo antes de que su relación siguiera adelante. De otra manera no sería justo para él, como tampoco para ella y Beatriz. Si él no podía aceptar la verdad y su relación terminaba, Ana tendría que aceptarlo. Si la quería tal como era y decidía continuar con la relación, entonces la construirían sobre una base de sinceridad.

Ahora Ana comprendía que la verdad siempre es mejor que los secretos o las mentiras. Antes de contarle a la gente sobre su enfermedad, Ana se sentía impotente y sola. Ahora se percataba de que su enfermedad no tenía por qué ser un secreto; era parte de ella, pero no era necesario que la controlara. Era libre de vivir su vida plena y responsablemente.

Al besar a Beatriz dulcemente en la frente, sintió que la invadía una gran esperanza en el futuro, un futuro que ya no estaría dominado por los secretos, sino por la franqueza, la honestidad y la confianza.

Ana y Guillermo pasaron la tarde siguiente con Beatriz. Pero esta vez, cuando Guillermo la acompaño a casa de su tía, ella le pidió que se quedara un momento porque quería hablar con él. Después de acostar a Beatriz, Ana regresó al pórtico, donde la esperaba Guillermo.

Respirando profundamente, se sentó junto a él en el escalón de la entrada.

—Antes de continuar con nuestra relación, creo que tenemos que hablar —dijo Ana.

EPÍLOGO

Este libro no tiene un final perfecto, porque se trata de una obra de no ficción basada en una vida en marcha. Ana es una chica de diecisiete años que tiene frente a sí una vida de elecciones. La última vez que hablé con ella:

- *Le había contado a Guillermo que tiene el virus del SIDA; él la aceptó tal como es y continúan su relación. Si deciden tener relaciones íntimas, Ana afirma que siempre usará condones. Pero aun si su relación no continúa, el valor de Ana de ser honesta con él representa un paso enorme en su vida.*

- *Tanto Ana como Berto regresaron a la escuela. Beatriz se queda a cargo de una niñera de confianza.*

- *Beatriz tendrá que hacerse una prueba final a los dieciocho meses para confirmar que no se haya contagiado del VIH.*

- *Isabel salió del centro y vive en un orfanato, donde, según Ana, está mucho más contenta. Ana aún sueña con el día en que podrá cumplir la promesa que le hizo a su padre y vivir en la misma casa con Isabel y Beatriz.*

Aun cuando este libro ha llegado a su final, la historia de Ana continúa... sólo que, esta vez, será ella quien la escriba.

Querido lector:

Espero que esta historia te haya conmovido tanto como a mí. Para mí, las palabras y la vida de Ana son como una canción... una canción de esperanza y de capacidad de cambio. Me reuní con Ana durante más de seis meses a escuchar la melodía y la letra de su vida. Nos sentábamos en el pórtico de su casa a pasar el día, o en su pequeña sala o en un café. Esta es su historia, su canción, no la mía.

Conforme pasaban los meses, me sentía intrigada por la complejidad del carácter de Ana. Pese a sus diecisiete años, tiene la sabiduría de una mujer mucho mayor. En una ocasión que comentábamos su primera fiesta y su primer novio, sus ojos brillaron con la luminosidad y la energía de una jovencita. Entre risas describía el trayecto de la escuela a la fiesta y cuánto había bailado. De pronto Beatriz comenzó a llorar. Mientras cargaba y arrullaba a su pequeña, dejó de ser una niña, para convertirse en una madre amorosa.

Un domingo coqueteaba en el salón de reuniones de la iglesia con Berto como una adolescente, pero cuando ambos miraban con ternura a su hija, ella era una mujer amorosa y protectora con su pequeña. Al contarme con alegría cuando nadaba en las olas del Pacífico, volvía a ser una niña. Pero cuando salí de la iglesia y la vi sostener a Berto, quien cada vez muestra más signos de debilidad debido al SIDA, de pronto se convirtió en adulta.

Ana no es la única persona que presenta esta dicotomía de los niños que crecen con demasiada rapidez. Muchos pequeños del mundo se ven obligados a asumir responsabilidades de adultos antes de estar preparados para ello. Su infancia termina prematuramente porque quedan huérfanos o porque viven enfermos, discapacitados o en pobreza extrema, o porque son obligados a trabajar a temprana edad en vez de ir a la escuela. Estos niños están excluidos de una vida en la que puedan satisfacer sus necesidades básicas. No comen adecuadamente, no tienen ropa, casa ni acceso a servicios médicos ni a la educación.

Con la ayuda de UNICEF y otras organizaciones de apoyo a la infancia, niños como Ana pueden tener esperanza. Ella logró romper el ciclo de enfermedad, silencio y abuso por medio de la educación. Ana está decidida a sobrevivir, tanto por ella como por su hija.

Tal vez te preguntes, "¿Qué tengo que ver yo con esto? ¿Cómo puedo ayudar? ¿Qué podría hacer para ayudar a lograr un cambio?".

Hay muchas maneras en que tú puedes ayudar a que las cosas cambien en tu familia, en tu escuela, en tu comunidad y en el mundo entero. No tienen que ser grandes gestos que exijan viajar ni gastar mucho dinero. Muchas veces, una sencilla señal de amistad y aceptación puede cambiar la vida de quienes existen al margen de la sociedad. También puedes participar como voluntario en los programas que apoyan a las personas más vulnerables. En las páginas siguientes, encontrarás información adicional sobre los temas del libro: VIH/SIDA, abuso, exclusión y explotación. También encontrarás sugerencias sobre cómo involucrarte para ayudar a resolver estas crisis, tanto en el mundo como en tu comunidad. Cada niño merece la oportunidad de mejorar su existencia, de tener una vida segura y sana. Tu cooperación puede ayudar a cambiar las cosas. Tú tienes la capacidad de ayudar a estos niños a encontrar fortaleza y esperanza, tal como lo hizo Ana.

Y si tú necesitas ayuda, no lo ocultes. Acércate a los recursos que te indicamos en el libro; habla con alguien en quien confíes en tu casa, en la escuela, con algún grupo religioso o comunidad. Dada su situación, Ana no tenía muchas opciones, pero en la medida que más gente toma conciencia de que muchos niños necesitan protección, se abren más programas y refugios para ellos. No tengas miedo de pedir ayuda. No guardes silencio, no te avergüences. Acuérdate de Ana. Vive como ella y da los pasos necesarios para tener una vida segura y llena de optimismo.

TÚ PUEDES AYUDAR A
CAMBIAR LAS COSAS

En todo el mundo hay jóvenes que viven en las mismas condiciones y enfrentan las mismas dificultades que Ana. No importa si quieres ayudar a nivel global, a tu vecino o desde tu computadora, tú puedes ayudar a combatir el VIH/SIDA, el abuso, la pobreza y la exclusión. Habla con tus padres o guardianes sobre lo que te gustaría hacer para ayudar. Tú puedes ayudar a mejorar la vida de los niños de todo el mundo. *Tú* puedes ayudar a cambiar las cosas.

Si tienes... una hora

INFÓRMATE

Aprende más sobre el VIH, el abuso y los programas que te interesen buscando estos temas en el Internet o en la biblioteca de tu escuela o localidad.

TRANSMITE EL REGALO

Dona dinero para comprar vacas, borregos, conejos, abejas, patos y otros animales; con ello ayudarás a comunidades que padecen hambre en el mundo para que puedan alimentarse y educarse. Heifer.org* te dice cómo donar, así como otras maneras en que puedes hacer trabajo voluntario en los programas internacionales de Heifer, en caso de que desees hacer más.

COMPARTE INFORMACIÓN

Utiliza las preguntas para discusión que se encuentran al final del libro, así como la investigación que realices, para hablar de los temas tan dolorosos que se tratan en *La historia de Ana*. Mientras más hables, más rápidamente se acabarán los estigmas.

Si tienes... una hora a la semana

TRABAJA COMO VOLUNTARIO

Visita o llama a la alcaldía de tu ciudad y pregunta si hay una red de voluntarios que te informen sobre los proyectos que se llevan a cabo en tu localidad.

CONVIÉRTETE EN MENTOR

Ve a un centro comunitario cercano y pregunta si tienen algún programa para niños que necesiten personas mayores que puedan dar buen ejemplo y ofrecer su amistad. También puedes ser un Big Brother o Big Sister en www.bbbs.org.

ENSEÑA ALGO QUE SEPAS HACER

Aprovecha tus talentos e intereses para enseñar un deporte, compartir tu cultura, leerle a alguien en voz alta, enseñar música o dirigir un proyecto de artesanías en tu comunidad.

CONVIÉRTETE EN TUTOR DE UN ESTUDIANTE

Ponte en contacto con tu junta local de educación para saber si en tu distrito hay un coordinador de tutores voluntarios. También puedes llamar directamente a una escuela y preguntar cómo puedes ayudar a un niño.

DA APOYO Y ASESORÍA

Trabaja como voluntario para una línea telefónica de asistencia de VIH/SIDA o de abuso. Seguramente deberás recibir entrenamiento pero, una vez que este termine, posiblemente sólo tengas que trabajar unas cuantas horas al mes.

Si tienes... un día

Observa el Día Mundial del SIDA el 1.° de diciembre.

Habla con la persona encargada y organiza algún evento en tu escuela, lugar de culto o centro comunitario. Busca temas, juegos de herramientas, carteles y otros recursos en:

- www.worldaidscampaign.info
- www.omhrc.gov/hivaidsobservances/world/*

Si tienes... un mes

ORGANIZA CAMPAÑAS DE DONACIÓN

Ponte en contacto con el albergue, hospital, escuela o lugar de culto de tu localidad y pregunta por organizaciones en tu zona que acepten donaciones para las personas más vulnerables. Pide permiso para iniciar la colecta. Podrías considerar las ideas siguientes:

- Una campaña de cobertores y abrigos en octubre
- Una campaña de comida enlatada en noviembre, para que las familias más vulnerables puedan celebrar el Día de Acción de Gracias
- Una campaña de regalos para las festividades de diciembre
- Una campaña de artículos básicos: artículos de tocador, pañales y medicinas básicas, en cualquier época del año

Si tienes... un verano

VIAJA CON UN PROPÓSITO

Habla con tus padres o guardianes sobre la posibilidad de aportar algo en tus vacaciones escolares y haz un viaje que sea divertido y provechoso. Busca una oportunidad para dar servicio comunitario en otro país. Aquí tienes algunas sugerencias:

- Academic Treks (www.academictreks.com) *
- Lifeworks (www.lifeworks-international.org) *
- World School (www.worldschoolinc.org) *
- Habitat for Humanity (www.habitat.org)
- Averigua si en tu iglesia u otro lugar de culto organizan viajes para trabajar en otros países.

Si tienes... un año

PATROCINA UNA CLASE

Ayuda en un salón de clases en una escuela primaria. Organiza un grupo para que visiten a los estudiantes, reúnan fondos para artículos escolares o donen libros a ese salón.

ÚNETE AL KEY CLUB

Esta organización, la más grande del mundo dirigida por estudiantes, le pide a sus integrantes que se comprometan a dar cincuenta horas de servicio comunitario. Si en tu escuela no hay un Key Club, inícialo. Si quieres saber cómo, visita www.keyclub.org.*

HAZ AMIGOS POR CORREO

Coméntale a tu maestra o maestro que te gustaría intercambiar cartas o correos electrónicos con estudiantes de otros países. Es una manera excelente de conocer gente nueva en otros lugares y aprender más sobre su cultura, su país y sus necesidades. Además podrás hacer muy buenos amigos.

Ayuda a UNICEF a cambiar las cosas

UNICEF, el Fondo de las Naciones Unidas para la Infancia, provee alimentación básica, agua potable, educación, protección y asistencia de emergencia a pequeños en 156 países. Por más de sesenta años, UNICEF ha sido la organización internacional infantil más importante, ya que ha salvado más vidas que cualquier otra organización humanitaria. Millones de niños mueren cada año a causa de enfermedades y condiciones preve-

nibles como el sarampión, la falta de tratamiento médico para enfermedades como el VIH/SIDA y la violencia. UNICEF, con la ayuda de organizaciones aliadas, donantes y voluntarios, tiene el conocimiento y la experiencia global que le permite proveer a los niños la ayuda necesaria para darles la mejor oportunidad de sobrevivir las condiciones que los rodean. No importa cuánto tiempo tengas para hacerlo; trata de contribuir a los esfuerzos de UNICEF de alguna manera.

TRABAJA COMO VOLUNTARIO PARA UNICEF

Inscríbete en línea en www.unicefusa.org/volunteer* para tener acceso a recursos especiales para voluntarios, tomar un curso de capacitación en línea, comunicarte con otros voluntarios y enterarte de los programas más recientes y oportunidades para voluntarios de UNICEF.

TRICK-OR-TREAT PARA UNICEF

Visita www.unicefusa.org/trickortreat* si deseas obtener información y cajas de recolección sin costo; disfrázate, invita a algunos amigos o a un hermano o hermana menor para salir a pedir dinero en Halloween.

ENTÉRATE SOBRE EL INFORME *ESTADO MUNDIAL DE LA INFANCIA 2007*

Infórmate sobre la misión que tiene la UNICEF para salvar la vida de niños de todo el mundo, leyendo el informe en www.unicef.org/spanish/sowc, y pídele a tu maestro que planee las lecciones en línea en www.TeachUNICEF.org*

PARTICIPA EN "LA JUVENTUD OPINA"

Puedes discutir cualquier tema, desde salud y abuso hasta derechos humanos. Para encontrar ideas específicas, busca en www.unicef.org/voy/takeaction.

INVOLUCRA A TUS AMIGOS

Crea tu propia página Web para reunir fondos y cuéntale a tus amigos y familiares sobre el trabajo que realiza UNICEF. Visita www.unicefusa.org/friendsaskingfriends* para saber cómo.

Involúcrate

SÉ UN AMIGO O UNA AMIGA

Nunca sabes a quién puedes alegrarle el día con un detalle amable. La inclusión y la amistad son los

* Estos sitios Web no están disponibles en español, por lo cual necesitarás la ayuda de un padre, guardián, maestro u otra persona de confianza que pueda leer en inglés para obtener la información que se halla en ellos.

primeros pasos para desarrollar la confianza, y la confianza puede abrir muchas puertas.

¡ACTÚA YA!

Tú *puedes* ayudar a que las cosas cambien. No importa si comienzas con poco, pero comienza ya.

PROTÉGETE Y PROTEGE A LOS DEMÁS

La historia de Ana te explica las maneras en las cuales el sexo sin protección y el abuso sexual pueden extender el contagio del VIH, y cómo otras formas de abuso, pobreza, exclusión y falta de educación ponen a los pequeños en peligro.

Cuando se trata del VIH/SIDA y otras enfermedades de transmisión sexual (ETS) no importa el color de tu piel, cuánto dinero tiene tu familia, en qué país vives o qué edad tienes. Estas enfermedades contagian a todos por igual.

No obstante, siempre hay maneras de reducir el riesgo de contraer una enfermedad o infección. Terminar o denunciar una relación abusiva, tomar decisiones acertadas en cuestiones de sexo o sólo hablar e informarte, así como informar a la gente que te rodea, te ayuda a protegerte y puedes convertirte en un ejemplo para otros.

No importa lo que hayas hecho, o lo que te hayan hecho en el pasado, nunca es demasiado tarde para informarte y dar los pasos necesarios para protegerte y proteger a las personas que amas.

Si te han hecho daño, tienes problemas o necesitas un consejo, habla con alguien a quien le tengas confianza: tus padres, un hermano o hermana, un consejero escolar o un líder religioso. Si no puedes hacerlo, por cualquier razón, existen otras fuentes de apoyo e información.

Protégete del VIH/SIDA y de las ETS

INFÓRMATE

Hay muchos mitos e informes erróneos sobre el sexo, pero también gran cantidad de recursos que te informan cuál es la verdad, como por ejemplo un doctor o una organización profesional. Tener la información verdadera te ayudará a tomar la decisión correcta.

TOMA TUS PROPIAS DECISIONES

La información y la educación son armas que te permitirán tomar las decisiones correctas. No permitas que nadie te presione para hacer algo que te haga sentir incómodo/a. Tú decides si quieres o no esperar a que te cases o seas mayor para tener actividad sexual; tómate todo el tiempo que necesites para tomar una decisión bien pensada y madura. Cuando estés listo/a, asegúrate de que tu compañero/a respete tus decisiones.

REDUCE EL RIESGO

La única manera cien por ciento segura de no contagiarte de ETS es la abstinencia. Hay muchas maneras de demostrar tu amor y cariño sin tener relaciones sexuales. Si decides que prefieres la abstinencia, no permitas que otros traten de imponer su punto de vista. Y si decides que ya estás listo/a para tener una relación sexual, la mejor manera de protegerte del VIH y de otras ETS es ser fiel a tu pareja y utilizar siempre un condón... ¡sin excepción!

HAZTE LAS PRUEBAS

Si tienes sexo sin protección, si el condón falla, has sido violado/a o han abusado sexualmente de ti, no esperes para saber si tienes el VIH o has contraído alguna otra ETS. De esta manera, si la prueba arroja un resultado positivo, podrás iniciar el tratamiento cuanto antes. Esto será decisivo para vivir una vida larga y sana. Si quedas embarazada, podrás obtener información sobre cómo cuidarte a ti y a tu bebé.

Protégete de una agresión o abuso sexual, o de una violación

Las chicas entre dieciséis y diecinueve años tienen tres veces más probabilidades que las demás de ser víctimas de violación, intento de violación o abuso sexual.** Recuerda que si alguien te ataca, *nunca* es tu culpa, pero siempre hay maneras de protegerte.

MANTENTE SIEMPRE ATENTA Y VIGILANTE

Seguramente te encanta llevar tu iPod o MP3, pero bájale el volumen o retírate los audífonos cuando camines o hagas ejercicio en un lugar que no conoces bien. Fíjate siempre en el entorno y la gente que te rodea. Avísale a tus padres o guardianes adónde vas y a qué hora regresarás. De ser posible, ten siempre tu celular a la mano... por si acaso necesitas pedir ayuda rápidamente.

TRATA DE IR SIEMPRE CON AMIGOS

Seguramente te gusta ir a fiestas, al cine o al centro comercial para dar la vuelta y conocer gente, pero siem-

** Fuente: Texas Association Against Sexual Assault
www.taasa.org/teens/default.php

pre es buena idea llegar *e irte* con un grupo de personas que conozcas. También deberías estar en contacto con ellas.

No importa dónde te encuentres, cuando decir "no" no funciona, vete de inmediato. Di lo que tengas que decir para salir de una situación incómoda: "Tengo que ver a mis amigos, seguramente me están esperando", o "Mis papás van a llegar en un momento". O simplemente levántate y *vete*. Que no te importe si piensan que eres muy conservadora. Tu seguridad es lo más importante.

Pide ayuda si la necesitas

Si has sufrido una violación o abuso sexual, la Red Nacional de Violación, Abuso e Incesto (RAINN por su sigla en inglés) te recomienda los siguientes pasos:

- *Ve a un lugar seguro.* Pídele a una amiga o adulto que se quede contigo.
- *No te des una ducha, no te laves los dientes, ni vayas al baño o te cambies de ropa.* Esto podría borrar las evidencias.

- *Llama y denuncia la agresión a las autoridades. Llama al 9-1-1 para informar a la policía si has sufrido una violación o abuso sexual.* También puedes llamar a la línea de emergencia del National Sexual Assault, al 1-800-656-HOPE, donde te darán asesoría sobre las consecuencias de denunciar el delito.

- *Busca atención médica de inmediato.* Además de que te traten los daños físicos, puedes hablar con algún profesional sobre el riesgo de contagiarte de alguna ETS o de quedar embarazada.

- *Pídele a un doctor o a una enfermera que te hagan un "paquete de violación".* Este examen permite reunir evidencia, tal como cabello y fibras. Pedir un paquete de violación no significa que tienes que denunciar el delito; ésa es una decisión que deberás tomar cuando te sientas lista para ello. Sin embargo, tendrás la evidencia en caso de que posteriormente quieras denunciar la agresión sexual o la violación.

- *Habla con alguien.* No importa cuánto tiempo haya pasado desde que ocurrió la agresión, hablar de ella te puede ayudar. Busca un centro de apoyo cerca de tu casa, visitando el

siguiente sitio Web:
tools.rainn.org/bin/counseling-centers.

También se considera abuso

El abuso no siempre es de carácter sexual. Si te agreden de cualquier manera, sea donde sea, no te quedes callado/a. No importa si se trata de una amiga, un amigo o un adulto mayor, nadie tiene el derecho de amenazarte, lastimarte o presionarte física o emocionalmente. Si alguien abusa de ti, te sugerimos lo siguiente:

CUÉNTALE A ALGUIEN DE CONFIANZA

Habla con alguno de tus padres o miembro de tu familia a quien le tengas confianza, un amigo, los padres de un amigo o amiga, maestro/a, entrenador/a, líder religioso o alguien que conozcas bien. También puedes ponerte en contacto con la agencia de servicios para la juventud de tu localidad; busca la más cercana en:

- Visita www.childhelp.org/get_help/local-phone-numbers*
- Llama a la Child Abuse Hotline al 1-800-4-A-CHILD

AMENAZAR TAMBIÉN ES UNA FORMA DE ABUSO

Tal como sucede con otros tipos de abuso, las amenazas siempre continúan, a menos que alguien les ponga un alto. Si te amenazan en la escuela, cuando practicas deportes, en tu barrio o por Internet, Stop Bullying Now te sugiere las siguientes maneras para tratar de ponerle un alto:

- Habla con tus padres, maestros o entrenadores.
- Si puedes, mantente lejos de los bravucones que te están amenazando, hasta que dejen de hacerlo.
- Ignóralos en la medida que puedas. No respondas a correos electrónicos, pero imprímelos y guárdalos para mostrárselos a un adulto.
- Mantén la calma. Los bravucones quieren angustiarte. Defiéndete, si crees que sea seguro, y luego aléjate.
- Busca más información en http://stopbullyingnow.hrsa.gov/index.asp.*

No sólo se trata de ti

Protegerte también significa proteger a los que amas. Tomar las decisiones correctas en relación al sexo, ya sea la abstinencia o tener relaciones sexuales seguras cuando estés listo/a para ello, también protege a tu pareja. Necesitas protegerte, pero también tienes la obligación de proteger a otros cuando se trata de sexo. No seas egoísta o negligente, y sé honesto/a con tu pareja sexual; las relaciones siempre son de dos.

Aprende a ser una amiga o un amigo

Cualquiera que haya sufrido una agresión sexual, o haya sido víctima de cualquier abuso, necesita amigos. A veces es difícil saber qué hacer o decir. RAINN y Teen CASA ofrecen las siguientes sugerencias para ayudar a una amiga o un amigo que está pasando por momentos difíciles.

ESCUCHA Y OFRECE APOYO

No juzgues y no sientas que tienes que decir algo. Deja que tu amigo/a hable y nunca traiciones su confianza.

BUSCA AYUDA

Lo más conveniente es que una persona que ha sido violada se someta a un examen lo más pronto posible, independientemente de que piense denunciar el delito o no. Llama al hospital de tu localidad para preguntar si cuentan con una enfermera especializada en agresión sexual

(SANE, *Sexual Assault Nurse Examiner*) o un médico forense especializado en agresión sexual (SAFE, *Sexual Assault Forensic Examiner*).

Si tu amiga decide denunciar la violación o el abuso a la policía o a las autoridades, acompáñala. Puedes ir a la delegación más cercana o llamar al 9-1-1.

BUSCA INFORMACIÓN

Reúne una lista de centros de apoyo, líneas telefónicas de emergencias y sitios Web que proporcionen información y apoyo para la recuperación. Deja que tu amiga se ponga en contacto con ellos cuando esté lista, u ofrece llamar tú o investigar cómo obtener asesoría específica para ayudar en esa situación en particular.

DENUNCIA LAS AMENAZAS

Informa a algún maestro, entrenador o padre de familia que una persona está siendo amenazada. No fomentes una conducta cruel; pide ayuda a un adulto y ponle un alto a los bravucones que amenazan en tu escuela.

* Estos sitios Web no están disponibles en español, por lo cual necesitarás la ayuda de un padre, guardián, maestro u otra persona de confianza que pueda leer en inglés para obtener la información que se halla en ellos.

SITIOS WEB Y LÍNEAS DE ASISTENCIA

Posiblemente te encuentras en crisis o sólo tienes curiosidad de informarte sobre asuntos de salud o cómo puedes ayudar. No importa el tipo de información que busques, puedes ir a fuentes confiables para solicitar asesoría y respuestas. Estas son algunas fuentes que podrías consultar:

adolescentaids.org *
Programa para adolescentes con SIDA,
Children's Hospital at Montefiore

El Montefiore Medical Center responderá a todas tus preguntas sobre pruebas para detectar el VIH/SIDA, incluyendo por qué es importante y qué debes esperar. El sitio hasta tiene un mapa para que busques un centro de análisis dentro, o cerca de tu comunidad.

hivtest.org
Centers for Disease Control and Prevention (Centros para el Control y la Prevención de Enfermedades)

¿Cómo sabes si tienes el VIH? Hazte una prueba. Si quieres saber cuáles son los diferentes tipos de prueba, escribe tu código postal para encontrar un centro cerca de ti. También te darán información sobre el Día Nacional de Pruebas de VIH (National HIV Testing Day).

acsa-caah.ca*
Canadian Association for Adolescent Health

Si buscas información sobre tu salud mental, física, sexual, social o cualquier otro tipo de información que te afecte a ti personalmente, seguramente la encontrarás aquí. Además de comentarios sobre el uso del condón y las ETS, obtendrás información sobre deportes, tareas y la vida social de los jóvenes y cómo todo esto afecta tu salud.

childhelp.org *
Childhelp

Este recurso es para jóvenes que han padecido abusos o conocen a alguien que los padece. Te ofrece sugerencias y artículos, recursos y un cuestionario sobre abuso infantil, así como información sobre conceptos equivocados y sobre lo que sucede cuando alguien denuncia un incidente; obtendrás información importante para identificar y prevenir todo tipo de abusos.

iliveup.com *
Live Up: Love, Protect, Respect

Esta campaña de medios realizada al ritmo del calipso caribeño tiene la esperanza de que la acción y el activismo de los jóvenes ayuden a detener el VIH/SIDA en la región. El botón Play Safe te lleva a juegos, cuestionarios y animaciones, y el botón Talk About It te permite contribuir tus propios poemas, trabajos de arte, videos e historia personal.

rainn.org
Red Nacional de Violación, Abuso e Incesto
(RAINN por su sigla en inglés)

RAINN es el recurso en línea más amplio con información sobre la agresión sexual. En la biblioteca en línea encontrarás estadísticas, información sobre los tipos de agresión sexual y sus efectos, cómo prevenirlos y las leyes que te pueden ayudar.

stopbullyingnow.hrsa.gov *
Stop Bullying Now!

¿Te están amenazando o tú eres quien amenaza? En cualquier caso, es necesario ponerle un alto a las amenazas. A partir de juegos animados, este sitio te da muchísima información sobre las razones por las que los chicos y chicas amenazan y qué hacer si ves, sientes o llevas a cabo las amenazas.

¿No tienes computadora y quieres hablar con alguien ya mismo?

Si estás en crisis o solamente quieres hablar, o tienes una pregunta, obtener ayuda y consejos requiere tan sólo una llamada telefonica. Aunque hacer la llamada te cause temor, es importante que consigas la información y la ayuda que necesitas para estar seguro/a y sano/a.

1-888-988-TEEN
Rompe el círculo vicioso

Para personas de doce a veinticuatro años y las personas que las aman. Este servicio proporciona asesoría legal, consejos y referencias a adolescentes y adultos jóvenes que no saben qué hacer con una relación abusiva.

1-800-4-A-CHILD
Child Abuse Hotline

Un profesional responderá a tu llamada las veinticuatro

horas y te dará asesoría, recursos y apoyo si eres joven y quieres denunciar un abuso. Esta línea de emergencia cuenta con servicio de traducción a 140 idiomas.

1-800-656-HOPE
National Sexual Assault Hotline

La línea de emergencia gratuita y confidencial del Rape, Abuse & Incest National Network funciona las veinticuatro horas, siete días de la semana. Esta línea de asistencia ha respondido a más de un millón de llamadas de víctimas de agresión sexual, así como de su familia, pareja y amigos.

* Estos sitios Web no están disponibles en español, por lo cual necesitarás la ayuda de un padre, guardián, maestro u otra persona de confianza que pueda leer en inglés para obtener la información que se halla en ellos.

EL V.I.H. Y EL SIDA

PREGUNTAS Y RESPUESTAS PARA ADOLESCENTES

¿CUÁL ES LA VERDAD?

DIEZ MITOS SOBRE EL VIH/SIDA

VIVIAN MERCEDES LÓPEZ
Oficial de Proyecto Regional VIH/SIDA—UNICEF
Oficina Regional para América Latina y el Caribe

MARK CONNOLLY
Asesor Senior—UNICEF
Oficina Regional para América Latina y el Caribe

1. Es fácil saber si alguien tiene el VIH.
La verdad: No puedes saber si alguien tiene el VIH tan sólo por su aspecto. Cuando se contagia la infección, los síntomas no se desarrollan inmediatamente, de manera que la mayoría de las personas que tienen el VIH no saben que están infectadas. No obstante, por lo general es justa-

mente después del contagio inicial que una persona se encuentra en su periodo más *infeccioso* y puede transmitir el VIH a alguien más, aun cuando se vea y se sienta sana.

2. No hay necesidad de hacerte una prueba del VIH.
La verdad: Saber si tienes o no el VIH es tu derecho y tu obligación, hacia ti mismo/a y hacia los demás. Si sabes cuál es tu situación, puedes buscar tratamiento en una etapa temprana si tienes el virus; si el resultado de la prueba es negativo, debes seguir practicando conductas sanas para no contagiarte. La mayoría de las personas con VIH no saben que tienen el virus, y eso sigue extendiendo el contagio de la infección. La información es poder y prevención.

3. El SIDA no es un problema en los Estados Unidos.
La verdad: Se estima que más de un millón de personas en los Estados Unidos viven con el VIH. El SIDA se identificó por vez primera en este país en 1981. A finales de los años noventa, el índice de diagnósticos de SIDA se redujo, pero entre 2001 y 2005, el número estimado de diagnósticos se ha incrementado ligeramente cada año.

4. Sólo los homosexuales se contagian de SIDA.
La verdad: El VIH/SIDA es una enfermedad que afecta

al ser humano. Ambos sexos son vulnerables de contagiarse del VIH. En todo el mundo, la forma más común de contagio es a través de la actividad heterosexual sin protección. De hecho, a nivel global, hay alrededor de 17.7 millones de mujeres que viven con el VIH y 2.3 millones de niños (menores de quince años). Las niñas adolescentes tienen cada vez mayor riesgo de contagiarse del VIH a través de la actividad sexual por diversas razones, incluyendo susceptibilidad biológica, sexo con hombres mayores, no reconocer las conductas riesgosas de sus parejas o su vulnerabilidad a la violencia, el abuso o la violación.

5. El SIDA tiene cura.
La verdad: No hay cura para el VIH/SIDA. Sin embargo, SIDA no es sinónimo de muerte. Una persona enferma puede vivir mucho tiempo con el VIH antes de desarrollar el SIDA, especialmente si tiene acceso a las medicinas antirretrovirales (ARV). Los ARV están muy avanzados, pero no curan. Aunque muchas personas afirman tener una cura, la triste realidad es que una cura todavía no existe.

6. Los condones no te protegen del VIH.
La verdad: Si tienes actividad sexual, los condones son

la forma más segura de protegerte del VIH. Si se usan correcta y constantemente, los condones proporcionan una barrera eficaz que bloquea el paso del VIH durante la actividad sexual. Si estás tomando la píldora anticonceptiva (como DepoProvera o Norplant), también tienes que usar condón para evitar contagiarte del VIH o de cualquier otra enfermedad de transmisión sexual. Si tienes sexo oral, también necesitas usar condón. Hay condones para hombre y para mujer. Ambos deben ser de látex para dar una máxima protección. ¡Recuerda que puedes evitar contagiarte del VIH!

7. Puedes contagiarte el VIH con un beso.
La verdad: El VIH se encuentra en la saliva. Sin embargo, no existe evidencia de que el virus se contagie a través de la saliva y no hay casos confirmados de infección por besar. Tampoco te contagias por abrazos, por comer, beber o compartir el baño con alguien que vive con el VIH. Los fluidos corporales con altas concentraciones del VIH son fundamentalmente la sangre, el semen, la secreción vaginal y la leche materna.

8. No puedes contagiarte el VIH de alguien que está tomando ARV.
La verdad: La terapia con antirretrovirales puede ayudar

a reducir la carga viral en una persona que sea positiva al VIH y esto le permitirá estar más sana, pero estas medicinas no impiden que una persona que vive con el VIH se lo contagie a otra persona.

9. Dos personas que tienen el virus del SIDA no necesitan usar condón si tienen relaciones sexuales.

La verdad: Tener relaciones sexuales seguras es importante también para parejas que son positivas al VIH. Es posible volverse a contagiar y esto podría contrarrestar los efectos de los ARV si rastros del VIH resistentes al medicamento pasan de uno de los integrantes de la pareja al otro.

10. Las mujeres que viven con el VIH no pueden tener hijos.

La verdad: Las mujeres que son positivas al VIH sí pueden tener hijos, y niños libres de la enfermedad, gracias a medicinas y tratamientos especiales para evitar que la infección del VIH se contagie de madre a hijo. Sin estos tratamientos, entre 25 y 30 por ciento de las madres le contagiarán el VIH a sus recién nacidos porque este virus puede transmitirse al bebé durante el embarazo, la labor de parto o al momento del parto, así como a través de la leche materna.

¿CONOCES TODA LA HISTORIA?

DIEZ MITOS SOBRE EL ABUSO

CLARA SOMMARIN

Especialista en protección de niños—UNICEF

Oficina Regional para América Latina y el Caribe

1. Los niños rara vez sufren abuso sexual.

La verdad: Desafortunadamente, el abuso sexual de niños y niñas es mucho más frecuente de lo que piensas. Sucede a diario, aunque no hay estadísticas precisas porque muchos casos no se denuncian.

2. Si alguien abusa de ti, es *tu* culpa.

La verdad: Si alguien abusa de ti, *nunca* es tu culpa. El abusador es responsable de su conducta. No importa cómo te vistas, lo que digas o lo que hagas, nadie tiene derecho de abusar de ti en forma verbal, física, emocional o sexual.

3. Tocar o hacer caricias no es abuso sexual.

La verdad: El abuso sexual se define como cualquier actividad sexual entre dos personas, sin consentimiento de una. Puede tratarse de caricias, de tocar partes del cuerpo, tener relaciones sexuales o exponer partes sexuales del cuerpo.

4. Quienes abusan sexualmente de niños y niñas siempre son personas extrañas a ellos.

La verdad: Las estadísticas demuestran que la mayoría de los abusos sexuales son cometidos por una persona que la víctima conoce y a quien le tiene confianza: un familiar, un amigo de la familia u otra persona cercana.

5. Ser un bravucón amenazador forma parte de una etapa del crecimiento. No se considera abuso y en realidad no hace daño.

La verdad: Las amenazas son una de las formas de violencia más comunes en nuestra sociedad. De acuerdo con la Asociación Nacional de Educación (National Education Association) se estima que 160 mil niños dejan de ir a la escuela cada día por temor a que los agredan o porque otros alumnos los han intimidado. Las amenazas sin duda son una forma de abuso.

6. Los padres tienen derecho a imponer la disciplina a sus hijos como ellos quieran.

La verdad: Nadie, ni siquiera tus padres, tiene el derecho de abusar de ti en forma ninguna. Si alguien en tu casa abusa de ti, habla con algún adulto al que le tengas confianza y busca ayuda.

7. El abuso sólo ocurre entre familias pobres y disfuncionales.

La verdad: El abuso puede darse en familias de todas las etnias y niveles socioeconómicos y educacionales. El dinero, la educación y las apariencias no protegen necesariamente a una persona del abuso.

8. Es mejor no hablar del abuso, porque no puede durar mucho tiempo.

La verdad: No hablar del abuso no significa que va a desaparecer. Posiblemente los recuerdos se bloqueen temporalmente, pero sus efectos salen a la superficie tarde o temprano en la vida. Contarle a un adulto de confianza o a un buen amigo o amiga te ayudará a enfrentar la situación, ponerle un alto al abuso y comenzar el proceso sanativo.

9. Siempre es posible saber si una persona sufre abusos.

La verdad: Los signos de abuso sexual, emocional o verbal no son tan visibles como los del abuso físico. Cada persona reacciona al abuso de manera distinta: algunas se cierran, otras se enojan o se vuelven agresivas, y muchas sólo quieren olvidarlo y pretenden que nunca sucedió. Por eso hablar es tan importante.

10. Los niños que sufren abusos seguramente abusarán de otros cuando sean mayores.

La verdad: Muchos niños, niñas y jóvenes que han sido víctimas de abusos curan sus heridas y viven una vida normal, como cualquier otra persona. El que un pequeño sufra abusos no significa que automáticamente desarrollará conductas agresivas. No obstante, sufrir abusos no es una excusa para convertirse en abusador.

PREGUNTAS PARA DISCUSIÓN SOBRE

La historia de Ana

Ahora que ya leíste cuáles son algunas maneras en que puedes
ayudar a cambiar las cosas, utiliza estas preguntas para discutir
los temas importantes que se tratan en el libro mientras
lees *La historia de Ana* o cuando termines de leerlo.
Lleva estas preguntas a círculos literarios o a clubes de libros
para iniciar un diálogo sobre
la historia de Ana.

1. La posesión más valiosa de Ana es la fotocopia de la fotografía de su madre. ¿Por qué es tan importante? ¿Tú tienes algo que valoras mucho? ¿Por qué es importante para ti?

2. En el capítulo 5 se describen el barrio y el país donde vive Ana. ¿En qué se parece la comunidad de Ana a la tuya? ¿En qué se diferencia?

3. La abuela de Ana le advierte que no le diga a nadie que tiene VIH. ¿Crees que lo hace por el bien de Ana o por alguna otra razón? ¿Cuáles podrían ser los motivos de la abuela?

4. En el capítulo 8, la abuela de Ana le dice que muchas veces los chicos y las chicas tienen que abandonar la escuela porque están contagiados del VIH. ¿De qué manera están violando los maestros los derechos de estos niños? ¿Alguna vez has visto que discriminen a alguien? ¿Cómo te sentiste?

5. Estos niños y niñas son excluidos de su derecho a la educación. ¿De qué manera crees que haya exclusión en tu escuela? ¿Cómo te ha afectado la exclusión? ¿Cómo puedes ayudar a las personas excluidas en tu comunidad?

6. ¿Por qué crees que Ana se preocupa de no decirle a nadie que vive con el virus del SIDA? ¿Qué sucesos del libro te crean la sensación de temor si se descubre su secreto? Si tú fueras Ana, ¿dirías que tienes el VIH? ¿Por que sí o por qué no?

7. Cuando la abuela y Ernesto pelean, Ana imagina un juego que llama Huérfana. ¿Por qué crees que lo hace? ¿De qué otra manera usa Ana su imaginación para escaparse de la realidad?

8. ¿Qué sentiste ante la respuesta de la abuela cuando Ana le cuenta que Ernesto ha tocado a Isabel y a ella en forma inapropiada? ¿Crees que en verdad la abuela no le creyó? ¿Cómo crees que debió haber actuado la abuela? ¿Por qué?

9. Ana decide guardar en secreto el abuso sexual que sufrió. ¿Por qué crees que se lo guarda para ella? ¿Qué otras cosas pudo haber hecho?

10. En el funeral de su papá, Ana se enoja con Dios. ¿De qué manera crees que su muerte cambió a Ana?

11. La decisión de Ana de escribir los abusos que sufría en una carta tuvo resultados inesperados. ¿Crees que las

consecuencias fueron favorables o desfavorables para Ana? ¿Por qué?

12. Durante su niñez, Ana recorre un viaje espiritual con Dios. ¿En qué momentos de su vida se observan cambios en su espiritualidad?

13. El maestro de Ana, el señor García, trata de ayudarla para que se mude a casa de Yolanda. ¿Qué papel representan los adultos en la vida de Ana? ¿Por qué son tan importantes? A ti, ¿quien te mantiene? Haz una lista de las cinco personas que más te apoyan.

14. Pilar le cuenta a Ana que no tenía otra opción que prostituirse para sobrevivir. Antes de leer *La historia de Ana*, ¿habías escuchado que hay niños que padecen explotación sexual? ¿Crees que hay suficiente ayuda para niñas como Pilar? ¿Cómo se les puede proteger más? ¿Qué puedes hacer tú?

15. ¿Qué piensas sobre la decisión de Ana de romper con Berto? ¿Crees que es justo para él? ¿Cuáles consideras que son los derechos de Berto, como padre de Beatriz?

16. Ana se sorprende al enterarse que su abuela le salvó la vida cuando era muy pequeña. ¿Qué piensas que provocó el cambio en la relación de Ana con su abuela, al principio y al final del libro?

17. ¿Crees que Ana perdonó a su abuela? ¿Tú serías capaz de perdonar a alguien que te ha tratado mal? ¿Qué sería necesario para que lo hicieras? ¿Crees que el perdón es importante?

18. Ana asegura que quiere respetar el último deseo de su padre y proteger a Isabel. ¿Por qué crees que las hermanas son tan allegadas? ¿Cuáles son los problemas que tiene Isabel que Ana no ha tenido? ¿Cuáles son los problemas que tiene Ana que Isabel no tiene?

19. De todos los lugares donde Ana ha vivido, ¿dónde crees que se sentía más en casa? ¿Dónde te sientes tú más segura o seguro y más feliz? ¿En qué se diferencia este lugar del hogar seguro donde vivió Ana?

20. Aunque Ana tiene tan sólo diecisiete años, su vida ha estado llena de dificultades. ¿En qué momentos Ana parece una adolescente? ¿En qué momentos parece mayor y más madura?

21. En el capítulo 66, Ana aprende sobre el VIH/SIDA a través de una organización local. ¿Qué papel representa la educación en la historia de Ana, tanto en la escuela como fuera de ella? ¿Qué papel tiene la educación en su futuro?

22. ¿Cuánta información sobre el VIH/SIDA tenías antes de leer *La historia de Ana*? ¿Descubriste algo que no supieras antes? ¿Crees que hay suficiente información y conciencia sobre el VIH y otras enfermedades de transmisión sexual?

23. ¿De qué manera te afectó el libro? ¿Cómo puedes ayudar a niñas como Ana? ¿Qué más puedes hacer para ayudar a que los niños y niñas se liberen de los ciclos de abuso, enfermedad, pobreza y silencio?